Peter Fischer, *Die Zimmer-Guillotine*

© Peter Fischer

Umschlag, Satz und Lektorat: Pescador

Verlag: tredition GmbH, Hamburg
Printed in Germany

ISBN: 978-3-8495-0188-4

Bibliographische Information der Deutschen Nationalbibliothek: Die Deutsche Nationalbibliothek verzeichnet diese Publikation in der Deutschen Nationalbibliographie; detaillierte bibliographische Daten sind im Internet über http://dndb.d-nb.de abrufbar

Peter Fischer

Die Zimmer-Guillotine

Neue Gedichte in Prosa

´Don`t yell at me!´, his mother cried, storming across the
room at him.
Patricia Highsmith, The Terrapin.

Quelles bizarreries ne trouve-t-on pas dans une
grande ville,
quand on sait se promener et regarder ?
Baudelaire, Mademoiselle Bistouri.

Ut semper domini vult essere domina.
Anonymus.

Über die Ursache dieser Melancholie gab es nur dumpfe
Gerüchte.
E. T. A. Hoffmann, Die Doppelgänger.

Heil dir, kleines Skelett, das einst die unsterblichen
Rollen
Eines unsterblichen Manns gegen die Mäuse
geschützt!
Platen, Petrarca´s Katze in Arquato

1.

Mein Leben als Kind und Söldner

Wie soll ich es sagen, ob ich zuerst Söldner war, oder Kind, weiß ich heute nicht mehr. Schon allein deshalb, weil wohl ich ohne jede Schwierigkeit vom einen ins andere dieser Leben zu wechseln vermag; oder sollte ich sagen, vom einen Raum in den anderen, denn wo, wenn nicht in Räumen, halten wir uns auf.

Es kann aber auch sein, daß die Unsicherheit, mein Berufsleben zu bestimmen, daher rührt, daß ich die längste Zeit meines Lebens bestrebt war, meinem Berufswunsch sowohl im einen wie im anderen Interesse nachzugehen, denn streben, das tue ich wirklich, wenn auch niemand ein Recht hat, zu sagen, ich sei ein Streber, ganz im Gegenteil, ich gelte, eben bei den Leuten, die etwas zu sagen haben, als faul und uneinsichtig, und habe daher nicht viele Aktiva zu verbuchen. Es ist auch aktenkundig, daß ich bei meinen Bestrebungen nicht, wie man so sagt, nach dem Höheren lechze. Das Niedrige, oder vielmehr Erniedrigende, liegt mir aber auch nicht. In welchem der beiden Räume, die ich gerade erwähnt habe, werde ich mich mithin aufhalten, wenn ich mich damit abrackere-und ich kann Ihnen sagen, dabei setzt es manchen Schweißtropfen-, jemandem mitzuteilen, ob ich nun dem Leben eines Söldners oder dem eines Kindes nachgehe. Am besten fangen wir gleich mit dem Anfang an.

Das ging-Sie können es mir glauben-ganz einfach zu. Eltern habe ich vermutlich keine gehabt. Ich stamme von Schuhspannern ab, was sich ebenfalls durch die Akten nachweisen läßt. Wobei unerheblich ist, ob der linke der weibliche, der rechte vielleicht der männliche Anteil sei; aber das wird auch noch geklärt werden, haben Sie nur Mut und bleiben Sie in der Leitung. Entscheidend ist, daß diese meine Vorläufer ganz schön schuften mußten, um die Schuhe in ihrer Form zu halten. Was sie sonst noch so alles taten, weiß ich nicht, und habe es nie gewußt. In der Verwandtschaft wird erzählt, sie seien im letzten Krieg gewesen, 14 oder 39, ja, beide, als Paar, oder wie ist der richtige Ausdruck: als Einheit? Sie sollen mit reicher Beute nach Hause zurückgekommen sein, und oft in den Kolonien bei gründlichen Missionsarbeiten gesehen worden. Allerdings, auf Hörensagen kann man sich am Ende doch nicht verlassen. Und kommen die Nachrichten aus der Verwandtschaft, dann erst recht nicht. Das weiß ein jeder. Eher schon kann man sich auf das stützen, was in den Zeitungen steht. Leider ist in diesen Blättern, bisher jedenfalls, nichts über das Wirken von Schuhspannern berichtet worden. Warum auch. Das Leben der Schuhe ist viel interessanter. Das ist durch die Funktion der Schuhe selber gegeben, und wer sich diesen Tatsachen nicht beugt, bekommt dafür keinen Orden. So kommt es, daß wir, nochmals und mit besten Absichten, zu den beliebten Anfängen zurückkehren sollten.

Selbstredend hatte ich nie den Wunsch gehabt, von Schuhspannern oder ähnlichen Funktionsträgern, Geschirrhandtüchern oder Aktendeckeln, herzurühren. Eher schon dachte ich an ein Ruderhaus oder Gürteltiere. Prinzipiell abgelehnt von jeher habe ich Kippfenster und Schlagersänger. Zwei weitere Funktionsträger, die sehr beliebt sind, und das kann man den Leuten auch nicht verdenken, denn wer schon will aus dem Haus geworfen werden. Und im Flug vom Türrahmen bis zur Straße wird kein roter Teppich ausgerollt. Sparen ist angesagt, und das Gemeinwesen muß aufrecht erhalten werden, das sieht doch ein jeder ein, kerzengerade. Sonst setzt es was! Also kehren nochmals zum zwiefach erwähnten Anfang zurück.

Es-ich kann das nur noch einmal betonen-war wirklich alles ganz einfach. Ich konnte mich völlig ungehindert entfalten. Die Schuhspanner waren die meiste Zeit unterwegs, um möglichst viele Paar Schuhe in Form zu halten. Ich ging derweil fleißig in tiefere und höhere Schulen, fing auch bald damit an, in der Welt, wie meine Vorläufer, herumzukommen, und wurde dergestalt, zunächst einmal, Wandermusiker, abgesehen davon, daß ich zuvor Kind und Söldner gewesen war, oder umgekehrt und vielleicht auch gleichzeitig, wen interessiert das schon, denn es läuft eh' alles auf das selbe hinaus. Ob Kind oder Söldner, man tut seine Arbeit. Und man kommt herum in der Welt. Einmal spielte ich den Dudelsack hier, einmal stieß ich dort in die Trompete, und trällerte ein Lied, wenn ich nicht wußte, wie ich durch den Wald kommen sollte, besonders wenn es dunkel war und mucksmäuschenstill. Manchmal pfiff ich auf dem letzten Loch, wenn ich lange genug getrommelt hatte, an der Spitze der Truppen, um sie unweigerlich zum nächsten Sieg zu führen. Welcher Ton aber wird aus mir herausfahren, wenn mir das nicht mehr gelingen sollte, dem Tod bei meiner Arbeit abermals von der Schippe zu springen?

Das, liebe Leute, ist eine schwierige Überlegung, denn, ehrlich gesagt, ist besagter Punkt erst einmal erreicht, werde ich kaum mehr auf einen Anfang zurückkommen können. Oder wie siehst du das, mein lieber Leser.

II.

Asunción

Um Gottes willen, sagte der Teufel, hier hält es doch kein Schwein mehr aus, als er entdeckte, daß die Hölle auf Erden war, in den Kneipen, Fabriken, und Familien. Kurzentschlossen sauste er in den Himmel hinauf, und roch sogleich–denn die Nase eines Teufels läßt sich nicht übertölpeln, in keinem Fall-,daß es im Himmel auch nicht viel besser zu ging. Jedenfalls gab es hier nichts von dem, was im irdischen Leben angenehm sein konnte. Wo also sollte ich das Leben suchen, das einem nicht das Leben kostete, fragte er, von Trauer geschüttelt, Gottvater, der dem Treiben der Menschen ratlos zusah, und zudem eine Neigung zum Taubsein hatte, was daran zu erkennen war, daß er ständig eine Hand an ein Ohr hielt, um eine Art Schalltrichter zu bilden, und um sich etwas unwirsch zu erkundigen: „Wie bitte, was meinen´s?" Der Himmlische Vater schaute blöd aus der Wäsche, weil ihn die Frage des Unterirdischen unvorbereitet getroffen hatte, was bei einem ewigen Wesen allerdings nicht überraschend ist. Und die Wäsche hatte ihm seine Mutter gerade frisch gebügelt herausgelegt, vor seinen Thron hin.

Ach, sagte der Teufel, fast im nämlichen Ton wie Alkmene, als diese merkte, daß der Himmel ihre Lebensplanung durcheinander geworfen hatte, mit ein wenig Ironie werde ich noch ein paar Meter weiter kommen, aus allen Himmeln fallen, und noch einige Tage überleben, denn, sagte er sich, der Leibhaftige, es ist doch wohl zu spät, um noch einmal den Versuch zu machen, das Glück auf der

Erde–der Himmel war zwar nicht gottlos, aber sprach- und gehörlos–zu suchen, beispielsweise in der Produktion; die wird einem gestohlen, kaum hat man mit der Arbeit begonnen. Die Bande der Natur, deren Geruch uns betäubt, sind viel zu stark, als daß wir sie erkennen könnten, und so wird es den Irdischen unmöglich erscheinen, die Sklaverei zu bemerken, in welcher sie sich häuslich eingerichtet haben, mit Gottes Segen, und vielen wunderbaren Gerüchen. Aber zum Teufel, rief laut der Teufel, warum denn merken diese fleißigen Häusleinbewohner nicht, wie tief das Sklavenleben ihnen in den Knochen steckt?

Aber was, sagte der Teufel, als er sich vom Acker machte, und die Hahnenfeder an seinem Hut mächtig wippte, geht den Teufel eigentlich das Leben an. Es will nichts von ihm wissen.

III.

Abendblatt

Ach, sagte ich mir eines Tages, so schlimm wird es (das liebe Es) schon nicht werden, machte mich, nach dem Frühstück (das ist nun nicht jedermanns Sache, es reicht auch, etwas Pampe runterzuschieben) auf, um für die Verbesserung meiner Lebensumstände, in Form eines kleinen Spazierganges, zu sorgen, und kaufte auch, kaum aus dem Haus getreten, beim nächsten Kiosk eine Zeitung, und setzte mich damit auf eine Bank, welche sich bei nächster Gelegenheit darbot, schlug auch konsequent diese Zeitung auf, las flüchtig die Seite drei, und dann, etwas weiter hinten, bei den höheren Seitenzahlen, die Kleinanzeigen, worunter sich u.a. meine Todesanzeige befand.

Aber, wenden sie mit leichtem Augenbrauenspiel, gnädige Frau, ein, das ist Blödsinn, das kann doch nicht wahr sein, das geht doch nicht, das ist unmöglich, es ist völlig unmöglich. Und sie haben recht. Ja ja, sie hören ganz richtig. Ich werde ihnen das erklären, falls sie noch ein paar Minuten Zeit haben, zuzuhören.

Sie kennen sicher, Madame, das Gefühl, einen guten Tag vor sich zu haben. In meinem Leben war das nicht oft vorgekommen, eigentlich gar nicht, aber jetzt war der Augenblick gekommen. Es war so weit. Wieder wurde der Zusammenhang zwischen den disparaten Teilen durch die Zeitungslektüre hergestellt. Ich weiß nicht, ob sie das selbe Käsblatt lesen wie ich, eher nicht, will ich vermuten, denn sie haben gewiß andere Perspektiven; und andere heißt bessere. Nun, habe ich den Nagel auf den Kopf getroffen?

Es ist aber für die kommenden Ereignisse nicht wichtig, welche Zeitung sie gelesen haben; oder vielleicht auch gar keine, und wozu auch, denn ihre Zofen berichten ihnen alles, während sie gekämmt werden, angekleidet, manikürt etc., was eben so dazu gehört. Überdies war die Kleinanzeige so klein gedruckt, in Petit, daß sie kaum zu lesen war. Dieser Notstand wurde bald aus der Welt geschafft. In den nächsten Tagen erschien der Text, aber nicht so, wie die Italiener es machen, als Anschlag auf zahlreichen Hauswänden der Stadt, auch auf Litfaßsäulen, genau mit dem selben Wortlaut, der mit der Kleinanzeige schon formuliert worden war, und mich in Bann geschlagen hatte: „Freiwillige gesucht. Interessante Nebentätigkeit. Gute Bezahlung." Versprechen der Art gab es zuhauf, in allen Käs-und Intelligenz-Blättern. Jedoch, die Fortsetzung, die hatte es in sich: „Melde dich sofort im städtischen Bauhof, beim Erschießungskommando." Eine Adresse und Telephonnummer waren beigefügt. Und schon juckte mich der linke Zeigefinger (sie denken, ich sei ein Linkshänder, gnädige Frau, aber ist es nicht so, daß man sich in der Schule mit dem Zeigefinger der linken Hand melden muß?). Ich also, nicht faul, obgleich familienseits als Taugenichts eingestuft, brach sofort auf, um mich an den bezeichneten Ort zu begeben; und staunte nicht schlecht, als ich, nach einer halben Stunde Schlendergang, angekommen war. Eine nahezu unübersehbare Menge hatte sich bereits im städtischen Bauhof eingefunden, nur Männer, um das am Rande zu erwähnen.

Ich reihte mich in die Menge ein, was gar nicht so einfach war, denn alles drängelte, und jeder wollte in dem Haufen, entschieden, der erste sein, der von der Bauhofsverwaltung ein Pöstchen als Erschießer erhielte. Es war klar, daß es in diesem Gedränge nur darum gehen konnte. All diese Männer waren in bester Verfassung, mit einem gelösten Lächeln um die Mundwinkel (ein solcher Mund war allerdings sehr schmal), und in tadellos aufrechter

Haltung. Dann ertönte ein Lautsprecher aus jenem Winkel des Bauhofes, in welchem die Baumaschinen (Erntemaschinen oder Milchzentrifugen hätte man hier gewiß nicht erwartet), meist älteren Jahrgangs, sauber nebeneinander aufgereiht sich befanden. Was die Stimme aus dem Lautsprecher verkündete, war den anderen Männern, die sich hier vor mir eingefunden hatten, bereits bekannt und ziemlich klar. In meinem Fall fehlte noch die Aufklärung. Der Lautsprecher zählte eine Reihe von Qualifikationen auf, welche Voraussetzung für eine, wenn auch nur kurze, Anstellung bei der Baubehörde waren. Ich verstand nicht alles, was der Mann im Lautsprecher meinte, weil es im Gemurmel der Menge unterging, das für ein Murren zu halten zwecklos gewesen wäre. Drei Qualifikationsmerkmale vermochte ich deutlich zu erkennen. Die beste Chance für eine Zusage der städtischen Behörde hatte derjenige, der sich in jeder Hinsicht als „gemeinschaftsfremd" erwies. Seine Sorgen würden bald behoben sein. Wenn er außerdem noch in der Lage war, nachzuweisen, daß er niemals „meiner Meinung nach" gesagt hatte, so durfte er sicher sein, daß sein Glück fast schon gemacht war. Unermeßlich aber waren seine Aussichten, wenn er aktenmäßig nachweisen konnte, niemals einen „deutschen Kaffee" getrunken zu haben. Pfui! Nix mit caffé lungo, nie im Leben.

Da war ich wie elektrisiert. Als die Stimme, fast wie der Pfarrer bei der Fronleichnamsprozession, verkündete, daß alle, die über die besagten Qualifikationen verfügten, hervortreten sollten, um durch einen Job bei der Behörde ausgezeichnet zu werden, durchströmte mich ein Glücksgefühl, denn mir war endlich klar, daß auch ich zu den Auserwählten gehörte.

Wie groß war mein Erstaunen, gnädige Frau, als die gesamte Menge, von einer Sekunde zur anderen, in Schweigen verfiel, zurückwich, und mich anstarrte. Was war denn das wieder?

Einen Grund, etwas zu sagen, oder sich doch wenigstens zu räuspern, schien niemand zur Kenntnis geben zu wollen. Ich dagegen, wer weiß von welchem Teufel gestochen, fühlte mich in der besten Verfassung, und sprach ganz frei und Laut: „Ich! Ja, ich, ich verfüge über die drei genannten Eigenschaften." Das Schweigen wurde jetzt tiefer, die Menge lockerte sich für einen kurzen Augenblick, und so entstand eine schmale Gasse mit ausgefransten Begrenzungen links und rechts, was es mir erlaubte (nein, es war keine Erlaubnis, es war nur eine Möglichkeit), mich dorthin zu begeben, wo der Lautsprecher zu vermuten war. Ich fand ihn auch ganz richtig an seinem Platz. Er lag in der Schaufel eines Baggers.

Im Führerhäuschen desselben saß ein Mann in der Uniform eines höheren städtischen Angestellten. Er öffnete sogleich die Tür des Häuschens, und rief mir zu: „Glückwunsch, junger Mann! Sie können gleich antreten." Ich fragte zurück: „Wo, wann und wozu?"–„Um erschossen zu werden", antwortete der Mann, und wies dabei auf eine Ecke nebenan, zwischen den Baumaschinen, wo sich ein Holzpfahl, mit einem Kugelfang dahinter, befand.

Und nun werden sie verstehen, gnädige Frau, daß ich nicht gelogen habe, als ich sagte, ich hätte meine eigene Todesanzeige im hiesigen Käsblatt gelesen. Und morgen, gewiß, wird auch in den überregionalen Blättern zu lesen sein, daß ich sogleich an den Pfahl gebunden, und von drei Meßdienern, die plötzlich hinter den Baumaschinen aufgetaucht waren, schnurstracks mit einem M 6 erschossen wurde; was ja doch der beste Beweis dafür ist, daß sie mit dem Einwand, den sie, gnädige Frau, eingangs vorgetragen hatten, eigentlich ganz recht haben, und so weit alles in Ordnung ist.

„Aber", sagte die gnädige Frau, etwas indigniert, „eines verstehe ich bei der ganzen Geschichte nicht: Warum all diese Männer auf den städtischen Bauhof gekommen waren. Und schließlich und endlich...was wollen sie

eigentlich noch hier? Sie mit ihrem Gerede."–„Das",
antworte ich bescheiden, „das ist ihr Problem. Gnädige
Frau"

IV.

Ein Erlebnis

Er öffnete eine Cola-Flasche, goß den Inhalt in ein
hohes Glas, in welches er zuvor einen Eiswürfel gegeben
hatte, und erweiterte das Getränk mit drei Fingerhut Rum.
Dann schüttelte er das Gemisch kräftig durch, atmete tief,
und nahm den ersten Zug aus dem Glas. Er machte eine
Erfahrung ohnegleichen. Er war Gott sehr nahe gekommen; und erhielt am nächsten Tag ein Schreiben von
zuständiger, höherer Seite, das ihm seine Erfahrung rund-
um bestätigte.

Und so erzählte er niemand etwas davon. Er wollte sein
Glück ganz für sich behalten. Er wollte es noch einmal
erreichen, ganz alleine. Vielleicht für immer. Ohnehin
würde es niemand verstehen.

V.

Kurze Reise

a)

Lange Zeit hatte es in dem Nichts, das um ihn herum schwamm, kein konkretes Anzeichen für Bedrohungen gegeben. Das sollte sich ändern, als er eines Tages beschloß (viele Leute beschließen etwas, man weiß es), eine schöne Reise zu unternehmen, in die nähere Umgebung zunächst, dann durch sein ganzes Heimatland; und schließlich vielleicht auch ins Ausland, später.

Rasch hatte er die für eine Reise brauchbaren Siebensachen gepackt, und schon saß er in der Straßenbahn, die ihn zum Bahnhof bringen sollte. Nach zwei, drei Stationen wurde ihm klar, daß er, Holubek, diese Herausforderung gut überstehen würde. In der Bahnhofshalle zögerte er kurz, weil von den Leuten her, die ihren Transportmitteln zustrebten, ein schlechter Geruch auf ihn zu kam, der ihn an Kochkäse und Maiandacht erinnerte, eine dubiose Kindheit mithin. Nach diesem ersten Intermezzo in der Halle schaffte er es ohne weiteres, auf den Fahrkartenschalter zuzugehen, zu seinem Glück, denn sonst hätte er befürchten müssen, daß es ihm fast so ergehen könne wie dem unsteten Gregory Peck, der auf der Flucht vor Doktor Murchison war.

Holubek mußte vor dem Fahrkartenschalter länger warten als ihm lieb war. Gut, er nahm es ohne Seufzen hin, bis dieses Schieben und das Schubsen anfing, das er noch viel mehr haßte als die ausgesuchte Straftechnik eines Kaplans in der unmittelbaren Nachkriegszeit (im Augenblick ist nicht klar, welcher der letzten Kriege es eigentlich war), der die kleinen Buben an einem dünnen Haarbündel über den Ohren zog, langsam und genüßlich, mit einem Lächeln von schmutzbedeckter Freundlichkeit, immer heftiger, aber sehr langsam, und dergestalt, daß der Schmerz entsprechend gesteigert wurde, bei seinem zunehmenden Lächeln, und endlich das eine oder andere Haar aus der Kopfhaut herausgerissen wurde, ohne daß eines der Opferlämmer je hätte sich dem Gedanken nähern können, dem Manne Gottes zu entwischen. Wer foltert, hat immer Recht, weil er es tut, einer in der Soutane zumal, da er dem Himmel Worte sowohl als auch Taten verleiht, und außerdem des Amtes waltet, die hl. Jungfrauen vor Anwürfen zu schützen (Auswürfen vielmehr, die der Teufel, ja, er selbst, in die reine Welt hineinjagt).

In der gegebenen Situation der Warteschlange wurde Holubek still und leise wütend, und kam seinerseits in Versuchung, den wartenden Mitbrüdern, und den sonstigen Familienangehörigen, gezielten Schmerz zuzufügen (zwei oder drei ebenfalls in der Schlange befindliche-andere Girls gibt es bei uns nicht-Fräulein waren grundsätzlich außer Gefahr, denn sie vertraten den Willen des Himmels ebenso wie der Kaplan, allerdings ohne zu zupfen), aber das hätte in einen weitreichenden Streit ausarten, die ganze Schlange gegen ihn aufbringen, und somit, vernünftigerweise, zu seinen Ungunsten ausgehen müssen. So begnügte sich Holubek damit, einem der Näherstehenden, vor ihm, blitzschnell einen Stich mit der Schuhspitze zu versetzen, so schnell, und ein harmloses Gesicht aufsetzend, daß der Betroffene ihm, Holubek, den Übergriff nicht zuzuordnen vermochte; und Holubek seinerseits gelangte nach wenigen Minuten in den Besitz einer gültigen Fahrkarte, mit der er sich sogleich zum Perron begab, um mit einem Bummelzug nach jener Kleinstadt in der näheren Umgebung zu fahren, deren Namen ihm, während er noch in der Straßenbahn saß, eingefallen war. Er war selber nie dort gewesen, hatte aber öfters Postkarten gesehen, die angenehmen Aufenthalt in fachwerklicher Umgebung versprachen.

16

So tat er, was, an diesem Tag wenigstens, nicht zu vermeiden war. Am späten Nachmittag kann er im ausgewählten Ort an, ging zu Fuß vom Bahnhof in die Stadt, und mietete sich in einem Hotel am Ratshausplatz ein. Da er eine kleine Reisetasche mit sich führte, nahm niemand Notiz von ihm. Abends machte er den obligatorischen Rundgang durch das Städtchen, das nie vom Krieg berührt worden zu sein schien, und wählte zur Abendessenszeit ein Gasthaus aus, dessen Speisekarte lokale Spezialitäten versprach, und am nächsten Morgen, nach einem Frühstück mit erstaunlich gutem, undeutschen Kaffee, ging er wieder zum Bahnhof zurück, nahm am Fahrkartenschalter, an dem es keine Warteschlange gab, eine Karte für die Fahrt zu einem ca. 90 Kilometer entfernten Städtchen, in welchem er seine Zeit nahezu ebenso verbrachte wie in demjenigen, das zu verlassen er gerade im Begriff war. Am dritten Tag seiner Reise fuhr Holubek, den wir nun schon ein wenig kennen, in eine viel weiter entfernte Großstadt, kam spätabends dort an, nahm ein Hotel in Bahnhofsnähe, und verzichtete auf Spaziergang und Abendessen. In weiser Voraussicht-aber dazu gehörte ja nicht viel-hatte er im Speisewagen ausgiebig soupiert, und außerdem lohnen sich Nachtspaziergänge in einer großen Stadt nur dann, wenn man sie haßt, oder dort, aus unerfindlichen Gründen, leben und arbeiten muß, Verwandtschaft hat; oder im Häusermeer eine geliebte Frau sucht, die einem in einer anderen Stadt, vermutlich nicht das erste mal, davongelaufen ist.

Nächstens morgens, nach einem Frühstück, das er mit Stirnrunzeln überstanden hatte (Industriesemmeln, verlängerter Kaffe, Eier mit Reminiszenzen an billiges Futtermehl), gab er sich alle Mühe, so zu tun wie jeder Kurzreisende. Er kaufte beim Portier einen Stadtplan, und setzte sich damit ins Foyer. Der Plan gab nicht viel her. Holubek trat vor das Hotel, winkte ein Taxi herbei. Aufs Geradewohl fuhr er durch mehrere Viertel der Stadt, bis er endlich, ohne die Hilfe des Chauffeurs, herausgefunden hatte, in welchem sich die Buchantiquariate befanden. Vor vielen Jahren hatte er zu seinem Glück die »Histoire philosophique et politique« des Abbé Raynal erworben. Der Name des Autors war auf der Titelseite nicht angegeben, wegen der damaligen Zensur, und daß Diderot die Hände ebenfalls im Spiel gehabt hatte, durfte der Obrigkeit ebenfalls nicht bekannt werden. Der schön gedruckten Ausgabe, mit zahlreichen Kupfern, fehlte jedoch der erste Band. Seit Jahren ärgerte sich Holubek darüber, daß er die Lücke nicht hatte füllen können. Vielleicht würde es heute, in dieser Stadt, gelingen. Es gelang nicht. Immerhin hatte ein sachkundiger Händler ihm versprochen, nach dem fehlenden Stück zu suchen.

Daraufhin ging er in ein Museum, in welchem ein Bild zu sehen war, das er von Reproduktionen kannte, aber heute im Original betrachten wollte. Das war »Die Blendung des Samson«, der Delila sein Herz geöffnet hatte; und dann die Folgen zu tragen. Holubek fand dieses Gemälde in einem abgelegenen Raum, wo er ungestört, auf einem alten Ledersofa, mehrere Stunden in historischen und philosophischen Betrachtungen verbringen konnte. Kein anderer Besucher fand sich zur Betrachtung dieses Bildes ein, doch nach einiger Zeit fingen die Museumswächter an, sich für den Betrachter zu interessieren, der viel zu lange in den erwähnten Betrachtungen versunken war. Es war leicht, an ihren Gesichtern abzulesen, was sie dachten.

Wenn einer so lange vor einem dermaßen alten Schinken sitzt, kann das nur einen Grund haben, er bereitet einen spektakulären Kunstraub vor; obwohl jeder wußte, auch wenn er kein Wachmann war, daß dergleichen materiell durchzuführen außerhalb aller Möglichkeiten lag. Also machte er, Holubek, sich davon, und ging, nachdem er in einer vietnamesischen Garküche etwas Leichtes zu sich genommen hatte, ins Theater, erstes Etablissement am Ort. Es wurde ein bekanntes Stück gegeben. Die Besetzung war vielversprechend. Hamlet saß auf dem bekannten Felsen in der Brandung, angetan mit einer beschissenen Unterhose (Eingriff im Schritt), und machte sich Gedanken über Leben und Tod. Ob er selber in die Hosen gemacht hatte oder ein dienstbarer Geist, das war seiner Rede nicht zu entnehmen.

b)

Am nächsten Tag suchte er weiter nach dem fehlenden Band, fand aber nur die Memoiren des Generals Marbot, die ebenfalls auf seiner Fandungsliste standen. Für den Abend, als Entschädigung für den gestrigen, hatte er sich einen Besuch in der Oper aufs Programm gesetzt, weil das London Symphony Orchestra, mit berühmten Sängern, für eine Gastaufführung des »Don Giovanni« angekündigt war. In freudiger Erregung betrachte er die Szenenphotos im Foyer. Der Komtur trat als Gruppenführer auf, Donna Elvira in Nuttenstrapsen. Was bin ich doch für ein Narr, sagte zu sich Holubek, bei den herrschenden Verhältnissen war das nun wirklich zu erwarten.

Rasch entschloß er sich, fuhr zum Hauptbahnhof, wo im Bahnhofskino einen Film von Russ Meyer gegeben wurde. Das wird mich für das, von mir verfehlte, Kulturereignis entschädigen. Und danach werde ich mir eine weitere Deftigkeit gönnen. Nach »Black Snake« suchte er eine gewöhnliche Speisewirtschaft auf, in welcher eines seiner Lieblingsgerichte zu haben war, Blutwurst mit viel Zwiebeln, Cornichons und winzigen Apfelsinenstückchen, dazu Bratkartoffeln und Feldsalat. Er aß in aller Ruhe, er hatte noch genug Zeit, um den Nachtzug nach Paris zu erreichen.

Im Schlafwagenabteil, das der Schaffner ihm zugewiesen hatte, richtete er sich gemütlich ein. Bestellte 0,5 l.

Bordeaux, las noch etwas, und schlummerte später in wundersamen Träumen dahin. Beim Grenzübertritt hatte der Zug längeren Aufenthalt. Waggons wurden ausgekoppelt und rangiert. Holubek störte das nicht. Im Halbschlaf stellte er sich vor, wie der Zug nach neuer Zusammensetzung aussehen würde. Das Bild wurde gestört, als Grenzpolizei, in hiesiger Uniform, noch war die Grenze nicht überschritten, die Abteiltür aufriß und seinen Paß verlangte. Holubek holte ihn aus dem Reisegepäck; und reichte ihn dem Anführer der Grenzer. Dieser setzte ein amtsfinsteres Gesicht auf, und sagte: „Sie kommen mit uns. Das Papier ist gültig, muß allerdings überprüft werden. Überdies wurde uns von der Leitstelle in der Hauptstadt mitgeteilt, sie hätten in den letzten Tagen illegale, oder sagen wir mal, übelriechende Handlungen vorgenommen. Und los geht´s, dalli. Einer meiner Beamten wird ihnen das Gepäck nachtragen. Sie genießen Vorzugsbehandlung.“ – „Was“, fragte Holubek erstaunt, „so wie ich bin, im Schlafanzug?“ –„Ja! Genau in demselben“, sagte der leitende Grenzbeamte, und Holubek dachte, wie alle, die noch einen Fuß in der Hoffnung haben, hätte ich doch einen anderen Grenzübertritt gewählt, der ganze Schlamassel wäre mir erspart geblieben. Die kommenden Ereignisse zeigen, was davon zu halten ist. Der Obergrenzer packte ihn hart am Arm, zerrte ihn durch den Gang; und warf ihn zur Tür des Waggons hinaus. Ja, ja, so ist´s, wenn einer eine Reise tut.

Er wurde über den Bahnsteig, durch die Unterführung und die Bahnhofshalle ins Freie geschleppt. Auf dem Vorplatz wartete ein ziviler Kleinlastwagen, mit einem Aufbau aus Metall und fensterlos. Der Grenzer klopfte mit der flachen Hand auf das Metall. Die hintere Tür öffnete sich, Holubek wurde durch diese auf die Ladefläche geschoben, und durch einen Stapel Gemüsekisten ins eigentliche Innere des Fahrzeugs. Was nun erfolgte, war, nach den vorangegangenen Ereignissen, schon keine Überraschung mehr; zumal, dachte Holubek, bei den herrschenden Verhältnissen.

Der kleine LKW fuhr los. Holubek befand sich somit in einem rollenden Gefängnis, vielmehr, wie sich gleich zeigen sollte, in einer beweglichen Verhörzelle. Sie lag zunächst ganz im Dunkeln. Plötzlich wurde ein grelles Licht angeschaltet, und alles war klar. Unser Holubek sah sich einem Herrn in Zivil gegenüber, auffallend gut gekleidet, mit Menjou-Bärtchen, und gefährlich sanften, braundunklen Augen. Hätte Holubek nicht gewußt, daß man ihn eben auf vier Rädern (hinten waren's sechs, vor dem Einsteigen hatte er bemerkt, daß an der Hinterachse Zwillingsreifen montiert waren) in einer Sonderzelle durch die Stadt kutschierte, er würde sich ohne weiteres eingebildet haben können, er befinde sich in einem Sekretariat der hiesigen Stadtreinigung; na gut denn, sagen wir: in einem ganz leicht geschrumpften Sekretariat.

Während der Grenzer aus einem Spind eine Stulle mit Bierflasche entnahm, und sich in einer Ecke auf den Boden setzte, erhob sich der Zivilist aus einem kleinen, schmalen Sessel hinter seinem ebenfalls, wegen der beengten Raumverhältnisse, recht schmalen Schreibtisch, und wies Holubek höflich, fast zuvorkommend, den Platz auf einem Hocker an, der gerade so zwischen Schreibtisch und Wand der rollenden Zelle Platz fand. Das Verhör konnte nun beginnen. Holubek war auf seine Vergehen gespannt, er dachte mal wieder an den Kaplan, und andere Tage auf dem Lande.

„Sie haben", begann der Verhörer, „gestern abend Blutwurst gegessen, scharf gewürzt, mit Nelken und Zimt, Ingwer und Muskatnuß. Leugnen sie nicht, wir kennen Ort und Zeitpunkt des Verzehrs. Ich sehe, sie widersprechen nicht. Gut. Damit steht für uns fest, daß sie ein Saboteur sind, sowohl öffentlicher als auch privater Abgelegenheiten. Außerdem haben sie eine Hamlet-Aufführung verlassen, und, was noch schwerwiegender ist, sich geweigert, einer

Don Giovanni-Aufführung beizuwohnen, nach der sich jeder halbwegs kultivierte Mitbürger die Finger abschleckt. Diese beiden Vergehen, in Tateinheit mit dem ersterwähnten, das macht für sie zusammen fünf Jahre Zuchthaus. Überdies haben sie auf ihren bisherigen Kurzreisen beim Frühstück viel zu viel Zeit vertrödelt. Macht noch mal drei Jahre. Und wenn ich bedenke, daß sie schon außerhalb ihrer Reisen in diversen Gebäuden einfach aus dem Fenster schauen, keine Zeitungen lesen–ich bitte sie, unsere hiesigen Zeitungen-, und niemals, auch wenn ihnen niemand was auf's Brot schmiert, Margarine essen, dann kommen gut und gerne zehn Jahre zusammen. Einverstanden?"

Holubek wußte nicht, was er dazu sagen sollte. Indessen telephonierte der Verhörer, offenbar mit einem Vorgesetzen, indem er mehrmals mit dem Kopf nickte. Nach dem Ende des Telephonats wandte er sich wieder Holubek zu, und sagte: „Es sind zwölf herausgekommen." Dann nahm er nochmals den Hörer von seinem Feldtelephon, dessen Antenne anmutig wippte, und gab irgend einem seiner dienstbaren Geister Anweisungen (glauben sie nur nicht, diese hätten etwas mit Hamlets Vater zu tun), und blickte mit seinen Samtaugen unwirsch umher. Er nahm nochmals den Hörer. Er sprach nun wohl mit einer noch höheren Dienststelle. Nach dem Ende dieses Dienstgespräches schwieg er eine Weile. Er schien beunruhigt, außerdem ging ihm das Mampfen und Saugen des Grenzers an seiner Bierflasche auf die Nerven. Der Verhörer vergrub sein Gesicht in beiden Händen. Der Grenzer hörte mit dem Mampfen und Saugen auf. Nach zirka einer halben Stunde hielt der Verhörwagen abrupt an. Jemand kam mit etwas in die Zelle, das Holubek sogleich als seine Kleidung und Reisetasche erkannte. „Ziehen sie das Zeugs an", sagte der Verhörer mit abwesendem Blick, „und verschwinden sie auf der Stelle." Nach einer weiteren Weile, vergleichsweise kurzen, fuhr er, und drehte sich dabei eine Zigarette, fort: „Insgesamt, und in letzter Instanz, wurde die Strafe auf neuen Jahre festgesetzt. Außerdem wurde dahingehend erkannt, daß es besser sein wird, sie ins Ausland zu verschieben, als sie in einer der hiesigen Institutionen bequem unterzubringen und zu ernähren. Und jetzt raus hier. Oder glauben sie vielleicht, daß wir sie wieder zum Bahnhof zurückbringen!"

Holubek wurde hinausgeschmissen, und während er unsanft auf's Pflaster fiel, dachte er, für meine Weiterreise muß ich doch wohl selber sorgen. Sonst erwischt mich dieser Verein noch einmal, und was dann passiert, das weiß auch Gott nicht, denn der ist gerade dabei, seine Schäfchen zu zählen, und die Osterlämmer auszusortieren.

Holubek rieb sich die Augen, und stellte fest, daß er irgendwo in der Vorstadt gelandet war, in einer besseren Gegend. Also, schnell weg hier, denn es muß angenommen werden, daß eben zu der Zeit in seiner Villa, zusammen mit seiner gnädigen Frau, der Vorgesetzte seines Verhörers dinierte. Holubek untersuchte seine Reisetasche, und stellte fest, daß die Ordnungsmänner weder den Reisepaß noch Bargeld und Reiseschecks gestohlen hatten. Das war überaus merkwürdig, und für solche Figuren so ungewöhnlich, daß unser Reisender befürchtete, es könne nichts Gutes bedeuten. Für's erste, jedenfalls, konnte er weiter seines Weges gehen. Am nächsten Telephonhäuschen rief er ein Taxi, und fuhr zurück zum Bahnhof.

Der Orientexpreß, Richtung Paris, war ihm vor der Nase davongefahren. Das ärgerte ihn ein wenig (wie auch das fortbestehende Fehlen des ersten Bandes der »Histoire philosophique«), und er mußte sich daher entschließen, den nächsten grenzüberschreitenden Bummelzug zu nehmen (wieviel Monate, oder Jahre, strich man für das Benutzen, da sie aus der Mode kamen, von Bummelzügen ein?). Der Reisende würde gewiß auch scheibchenweise am Ziel ankommen.

c.

Im Morgengrauen fuhr der Bummelzug über die Grenzbrücke. Holubek war, obgleich von den Ereignissen des verflossenen Tages mitgenommen, für diesen Moment wach geblieben. Nach dem Grenzübertritt konnte er sich nun dem Schlaf überlassen. Im Abteil befanden sich glücklicherweise keine anderen Fahrgäste, doch mißfiel ihm, daß er Ohr und Wange an eine mit Kunstleder bezogene Kopfstütze lehnen mußte, an der wer weiß wie viele Leben klebten. Wie auch immer, nach dreimal Umsteigen kam er am späten Nachmittag an der Gare de l´Est an. Ein Taxi brachte ihn zu einem kleinen Hotel in der Rue des Boulangers. Der Fahrer kannte es, und empfahl Holubek beim Portier. Das Zimmer im fünften Stock hatte nur ein Fenster. Es ging auf die Arènes de Lutèce hinaus. Das war ein Blick mit Vergangenheit.

Von seinem neuen Stanpunkt aus unternahm Holubek kleine Ausflüge, die nicht viel Aufwand erforderten. Er flanierte durch dieses und jenes Viertel, um seine Erinnerungen zu beleben. Den Nachmittag verbrachte er zumeist auf einer Bank an der Place des Vosges, und las dort in Büchern, die er zuvor, wie es sich für einen gewöhnlichen Reisenden gehörte, bei den Bouqinisten erworben hatte. Und so hätte es eine schöne Weile weitergehen können, wenn sich nicht die Rachsucht jenes Überwachungsapparates (was hatte der hier eigentlich, und mit ihm, zu tun) hätte austoben müssen, der ihn mir nichts dir nichts zu einem Verhör verschleppt hatte, mit blödsinnigen Fragen gelöchert, und aus der fahrenden Zelle geworfen.

Nach einigen Tagen Aufenthalts war Holubek, nach einem Spaziergang im Luxembourg, in sein Hotel zurückgekehrt, um ein Buch zu holen, das er vergessen hatte, und auf besagter Parkbank lesen wollte. Als er das Hotel betreten wollte, wurde er von einem Herrn umgerempelt, dessen Aussehen sein Blut gefrieren ließ. Mein Gott, warum hatte der Concierge nicht sofort die Polizei alarmiert, als der Mann in das Haus eindrang, war er doch alt genug, um zu wissen, um welche Art von Erscheinung es sich handelte. Dieser Herr trug einen Schlapphut aus Filz, einen Ledermantel, der bis auf den Boden reichte, und im Gesicht den Ausdruck eines verbitterten Klomannes; genau so, wie diese Männer zirka zwanzig Jahre zuvor ausgesehen hatten. Das hätte der Concierge doch gleich bemerken müssen. Holubek wußte noch nicht, wie ein Concierge funktioniert.

Holubek stürmte die fünf Treppen hinauf. Sein Zimmer würde gewiß verwüstet sein. Es war nicht. Allerdings mußte er nach kurzer Untersuchung feststellen, daß seine Reise-Schecks fehlten. Und damit waren seine Tage gezählt. Nach Spanien würde er kein Visum bekommen, denn er war offiziell nur als Tourist in der Stadt, und würde auch kein Visum für Italien erhalten; oder gar für Länder, in welchen die Ledermäntel keinen Einfluß haben könnten. Arbeit würde er ebenfalls nicht bekommen. Wie man im Untergrund lebte, das wußte er auch nicht, denn zu diesem Leben gehörten Freunde und Genossen. Die Rückkehr in die Heimat aber war die schlimmste aller Lösungen. So blieb nur ein Ausweg, von dem er als Reisender wußte, daß er keiner war; die falsche Lösung, die das falsche Leben am Leben erhielt; und nichts änderte.

Ich habe also, sagte zu sich Holubek, keine Wahl, und egal, was ich mache, ich bin ein Muckenschiß, den niemand in der schönsten Stadt der Welt bemerken wird. Ich gehe lieber hier zu Gunde, als in die Heimat zurückzukriechen, und dort um Aufschub und Almosen zu bitten. Etwas Bargeld bleibt mir noch. Es wird gerade noch für ein paar Tage reichen. Und dann wähle ich den falschen Ausweg; was man halt so Wählen nennt.

Die letzte Rechnung bezahlt, die letzte Mahlzeit eingenommen, den letzten Spaziergang getan, sprang Holubek in die Seine, bei der Pont de l´Alma. Ein wenig Wasser, dachte er für sich, beim Untergehen, würde nicht schaden.

Dummerweise war Holubek ein sehr guter Schwimmer; und daher bald wieder an Land. Oh mein Gott!, was für Konsequenzen würde das noch haben. Wenn er sich nochmals ins Wasser stürzte, um die dortige Unbekannte der Seine anzutreffen. Die weit verbreitete Photographie ihrer Gips-und Todesmaske, ganz in weiß, war ihm seit frühen Tagen bekannt; und bei melancholischen Mädchen und ebensolchen Müttern sehr beliebt. Die Mütter seufzten, und die Mädchen, Töchter der Mütter, blickten in unerschwingliche Fernen. Holubek, allerdings, war, wenn er eine Reise plante, auf andere Länder bedacht; südlich der Sahara, und–wie es der Schlager schön sagt:–auch schon mal »East of Eden«.

VI.

Sorgen im Haushalt

Eine schwäbische Phantasie

„Nein nein", sagte das Liebe Herrgöttle von Biberach, „ich lasse mich mit Maultaschen nicht abspeisen. Ich will Spätzle mit Linsen. Das ist praktisch. Für Linsen kann ich alles verkaufen, was ich will, und Spätzle kann man stets auf dem Altar des Vaterlandes opfern."

„Du sollst haben, was du willst", sagte die Hl. Jungfrau Maria. „Du kriegst von mir Pfannkuchen mit Kartoffelbrei. Dafür aber, mein Lieber Schwan, mußt du auch etwas tun".- „Ja was denn", fragte das Herrgöttle.- „Du wirst für mich arbeiten."– „Wenn es weiter nichts ist", stimmte der Kleine zu, denn er war der Sohn seiner Mutter.- „Was soll´s denn sein?"- „Den Laden sauber halten", sagte die Hl. Jungfrau.–„Wird gemacht. Ohne Widerrede. Und dafür mußt Du auch etwas für mich tun."–„Gerne, mein liebes Kind. Und was soll ich tun?".- „Heiraten, und zwar dalli.".- „Du hast sie wohl nicht alle", meinte die Hl. Jungfrau.- „Und ob! Ich meine es ernst. Todernst. Das kannst du mir glauben, wenn du mir überhaupt etwas glaubst.".- „Ja wen denn", fragte seine Mutter.– Und das Herrgöttle antwortete: „Blöde Frage! Meinen Vater natürlich. Wen denn sonst.".- „Ja wie denn, den kenne ich doch überhaupt nicht."- „Das kann mit egal sein", insistierte das Herrgöttle. „Hauptsache, ich habe einen Vater."- „Was soll das Gerede. Du bist da, also bist du gezeugt; und ich habe dich geboren. Und von den Papis habe ich die Schnauze voll. Die wollen doch immer nur das eine."- „Klar", sagte das Herrgöttle,

„Söhne."- „Ich sehe", sagte die Hl. Jungfrau, „du bist nie aufgeklärt worden."- „Nein, und darauf kommt es mir auch nicht an."- „Also", drang die Hl. Jungfrau in ihn, „was willst du eigentlich. Was soll ich tun?"– „Du", sagte das Herrgöttle, „du hast schon genug getan. Ich aber will einen Vater. Kapiert!"- Da blickte ihm die Hl. Jungfrau tief in die Augen ihres einzigen Sohnes, und sprach: „Wenn Du Jesus bist, kann es dir doch egal sein, ob du einen Vater hast oder nicht. In deinem Leben kommt es nur auf eines an, auf mich, auf die Hl. Jungfrau."-„Mag sein", sagte grüblerisch das Herrgöttle, „aber wie bist du dann zu deinem Kind gekommen, für den Fall, daß ich das wäre?"–„So redet man nicht mit seiner Mutter!"–„Ich will auch nicht mit dir reden", antwortete das Herrgöttle bockig, „ich will meinen Vater haben, egal, wer das ist, was er so treibt; und ob er es war, der die heilige Zeugerei durchgeführt hat. Einer muß es ja gewesen sein. Oder?"–„Nun", sagte die Mama, „darauf kommt es im Grunde gar nicht an."-„Ja worauf denn?"– „Es gibt auch Höhere Kräfte, die das besorgen. Reine, edle Kräfte. Geistige. Spirituelle, wenn du mich verstehst, aber ich glaube, gerade das willst du nicht."– Und da fing die Hl. Jungfrau an, bitterlich zu weinen. Das liebe Herrgöttle von Biberach kam in große Verlegenheit.- „Siehst du, sagte die Mutter aller Mütter, „so weit hast du es gebracht. Ich bin am Boden zerstört. Du hast mich zuschanden gemacht. Ich bin entehrt."–„Halb so schlimm", sagte das Söhnchen und Herrgöttle. „Was kann dir schon passieren. Jungfrau bist du ja noch immer noch."–„Das will ich meinen!", sagte die Gottesmutter, hochauffahrend. „Und das, glaub's mir nur, lasse ich mir von niemandem nehmen." Jeder Kaplan versteht diese Warnung.

„Sei's drum", grummelte das Herrgöttle. „Bleibt noch die Frage nach meinem Vater. Raus mit der Sprache!"–„Die Lösung ist ganz einfach", sagte die jungfräuliche Mutter, die göttliche. „Es ist so: du hast überhaupt keinen." Und sie verhüllte ihr Angesicht.

„Dumme Kuh", antwortete, langsam wütend werdend, das Herrgöttle. „Das kann nur jemand sagen, der nichts vom Leben versteht."–„Undankbares Kind", schrie die Heilige, „was glaubst du denn, wer ich bin!"–„Egal wer. Eine Jungfrau ist wie die andere. Das eine will sie nicht, aber einen Haufen Kinder, und einen ordentlichen Haushalt. Im Himmel und auf Erden. Bitte sehr, von mir aus. Sollst du haben. Mit Alpenglühen, Tornados und vielen Geistererscheinungen. Und was du noch willst. Ich aber- geht denn das nicht in dein süßes Köpfchen-, ich will meinen Vater. Hic et nunc!"– „Gut denn", hauchte, den Kopf senkend, die Hl. Mama. „Ich will es dir sagen. Gott ist dein Vater."- „Das soll wohl´n Witz sein."- Bitter lachte das liebe Herrgöttle von Biberach. „Den kennt doch keiner. Niemand hat ihn gesehen. Selbst seine Priester glauben nicht, ihm einmal zu begegnen, wenn sie in den Himmel kommen."–„Aber in den Himmel wollen sie trotzdem", säuselte die Hl. Jungfrau Erika oder Monika oder auch Anneliese.–„Du bist nicht nur eine dumme, sondern obendrein noch eine hinterhältige Kuh. Glaubst du vielleicht, du könntest mich so billig abspeisen, mit deinem Kartoffelbrei. Ich will auf der Stelle meinen Vater haben, oder ich lasse dich ans Kreuz nageln!"– „Das würdest du deiner Mutter antun", sagte, fast gänzlich ersterbend, die Sainte nitouche. „Ich habe dir doch alles gestanden. Was willst du mehr?"–„Nicht den Kerl, den du mir unter- schieben willst, sondern meinen, den   richtigen Vater! Darauf kommt es an."- Das Herrgöttle konnte sich nicht mehr zurückhalten. Jetzt brüllte es.

Die häusliche Auseinandersetzung strebte auf ihr Ende zu. Nach dem Versuch eines Gebrülls resignierte das liebe Herrgöttle von Biberach, und die Hl. Jungfrau kicherte unverschämt. „Ich jedenfalls werde dir nie sagen, wer der richtige Bursche war."- „Gut", sagte der Sohnemann, der nach Lage der Dinge wohl auch ein wenig heilig war, „wenn es so ist, dann werde ich dich verlassen."–„Na wunderbar", sagte triumphierend die Mama, „tue du nur, was du nicht lassen willst. Du wirst schon sehen, wohin du damit kommst. Und wie weit!"– „Macht nichts", antwortete das Liebe Herrgöttle, mit sehr viel Entschlossenheit auf seinem Gesicht.–„Ich gehe. Auf der Stelle."- „Bitte, bitte. Tue, was du nicht lassen kannst. Wo auch immer in der Welt du dich herumtreiben wirst, ohne mich bist du nichts."

Inzwischen war eine Ewigkeit vergangen. Unser Liebes Herrgöttle saß noch immer am heimischen Herde; und zerbrach sich den Kopf. Eine weitere Ewigkeit war vergangen, und er war immerhin so weit gekommen, am Ende dieser Ewigkeit einen Satz zu notieren, auf einen Zettel, den er niemals seiner Mutter zeigte. Dieser Satz lautete: »Was nützt ein Gott, der keinen Vater hat.« Und nach einer weiteren Ewigkeit war der Himmel öd und leer. Und es blieb die Frage, wem ein Gott ohne Vater am Ende nütze.

VII.

Der Besuch

Gestern abend kam ein Besucher zu mir, *einfach mal so vorbeischauen.* Sein Name, obgleich er ihn nur ungern nannte, war Schlampf. Ich hatte ihn schon öfters gesehen, da und dort, bei Vernissagen, Diskussionsabenden, Vorträgen etc., konnte mich aber doch nie entschließen, ein Gespräch mit ihm aufzunehmen, das länger als drei Minuten gedauert hätte. Man kannte sich, wie man viele in der Stadt kannte.

Nun war er da, und sagte: „Mach es dir bequem. Nimm doch Platz. Vielleicht hier, auf dem Sofa. Du hast wirklich eine schöne Wohnung."- „Ja", sagte ich, „das stimmt. Wenn es dir nichts ausmacht (man duzte sich allenthalben, weil man in einer erneuerten Gesellschaft lebte), unterhalte ich mich mit dir lieber im Stehen oder Umhergehen, ich gehe gerne auf und ab. Du weißt, im Leben ergeben sich allmählich gewisse Gewohnheiten. Man läßt nicht leicht davon."- „Ach", sagte Schlampf", „das verstehe ich. Schenk uns was ein, ein Weinchen wäre nicht schlecht, weiß, halbtrocken, aus dem Rheingau."- „Ich habe im Moment nur Rotwein. Würde das gehen?"–„Wenn es sein muß", antwortete Schlampf.

Dann begann er das Gespräch, indem er es mit der Bemerkung einleitete, „Nun setz dich doch. Das Umhergehen kann einem nervös machen. Ich selber bin zwar selber kein nervöser Typ, aber manchmal erlebt man Sachen, es ist nicht zu glauben. Leute mit Marotten gehen mir auf den Geist."

Wenn man welchen hat, murmelte ich leise vor mich hin, und machte ein ganz neutrales Gesicht. „Das will ich überhört haben", sagte Schlampf mit Nachdruck; er gab sich stets Mühe, Druck aufzubauen. „Oh", sagte ich ausweichend, „das war eine ganz allgemeine Bemerkung."- „Das will ich mal hoffen", antwortete Schlampf. „Übrigens gibt es keine allgemeinen Bemerkungen. Jedes Ding hat seinen Grund. Das solltest du wissen."- „Natürlich", sagte ich, „das weiß doch jeder." Er wurde ärgerlich, und proklamierte, „ja warum sagst du es dann nicht. Auch wenn das jeder weiß. So was muß immer wieder gesagt werden. Wo kommen wir sonst hin!"

Mein Kommentar war, es sei hier doch ganz gemütlich, was wolle er mehr. „Lächeln sollst du, lächeln. Dann sieht alles gleich anders aus. Du kannst ruhig auch mal was zur Verbesserung unserer Lage beitragen."- „Du meinst", sagte ich, „zu deiner. Willst du noch ein Glas Rotwein."- „Wenn's denn sein muß. Eigentlich wollte ich Weißwein. Und was mir sonst auf den Wecker geht, das sind die Bilder, die an der Wand hängen. Unerträglich. Wer hat sie gemacht."- „Cézanne und Leger", sagte ich. Schlampf kannte sich aus, und erklärte, „egal wie sie heißen, es ist Mist. Und fange erst gar nicht damit an, eine Platte aufzulegen. Das wird noch größerer Mist sein. Und verschone mich bitte mit deinem Rotwein. Ich will lieber ein Glas Wasser, wenn du nichts anderes hast."

Er schaute mich drohend an, ich wurde jetzt ein wenig ungeduldig und sagte schließlich, es sei besser, wenn er jetzt gehe, sonst würde der Abend noch übel enden. „Das wird er auch", schnauzte Schlampf mich an, „wenn du dich nicht auf der Stelle für dein Benehmen entschuldigst."- „Das werde ich nicht", sagte ich zaghaft. „Du wirst, oder ich schlage dir die Fresse ein", sagte Schlampf, zog einen Schlagring aus der Jackentasche, und streifte ihn über die Finger der rechten Hand. „Hast du mich verstanden", sagte er mit finsterem Blick. „Du entschuldigst, oder..." Er fuchtelte mit seinem Ring. Für eine Weile wollte ich noch ruhig bleiben, und auf keinen Fall die Contenance verlieren, weshalb ich den Empörten fragte, wofür ich mich denn entschuldigen sollte.- „Das weißt du nicht! Bist du wirklich so dumm, das nicht zu kapieren?"-„Es wird wegen dem Rotwein sein", sagte ich versuchsweise. Aber ich hatte damit kein Glück. Er brüllte jetzt. „Weißt du´s wirklich nicht? Ich wußte immer, daß du ein Arschloch bist."- „Ich habe eins, bin aber keins, und wenn ich eins werden sollte, müßte ich mich stark verändern."- „Das wenigstens", schrie er, „hast du begriffen. Wir leben in einer Zeit großer Veränderungen. Und auch du, ja du, mußt deinen Beitrag leisten."-„Schon gemacht", antwortete ich bedächtig, „ich bitte dich nochmals, jetzt zu gehen. Jetzt sofort. Das ist dein Beitrag! Bitte."

Er schlug mit einer Faust auf den Tisch, auf dem das volle Rotweinglas stand, das ins Wanken geriet, schlug dann mit der an einem Finger beringten Faust zu, und brüllte noch lauter als zuvor. Die Fenster erzitterten, die Vorhänge blähten sich, und die Gallé-Vase auf dem chinesischen Lacktischchen bekam fast einen Sprung. Wie sollte es weitergehen? Eine Lösung, unter gegebenen Umständen, mußte gefunden werden. Schlampf sorgte dafür. Er sprang wütend auf, ich entfloh meinem Sofa, und rannte aus dem Zimmer, das ich sogleich hinter mir verschloß. Glücklicherweise steckte der Schlüssel auf der richtigen Seite. Ich war in Sicherheit, aber aus dem Zimmer nebenan hörte ich Geräusche, die nichts Gutes versprachen. Er würde alles kurz und klein hauen. Ich mußte mir gegen diese Art von Argumenten Antworten einfallen lassen.

Da brauchte ich nicht weit zu suchen. In dem Raum, in welchen ich mich geflüchtet hatte, befand sich eine Zielscheibe für das Dart-Spiel, und die Pfeile lagen haufenweise auf einem Tischchen herum, griffbereit. Ich nahm ein halbes Dutzend, öffnete die Tür, und sagte zu meinem Besuch: „Also bitte, nun reicht es."- Er lächelte mich erst höhnisch, dann voller Verachtung an. „Du kleines Arschloch, du wirst es nicht wagen."

„Du solltest mich wenigstens, wie es sich für einen Besucher gehört, ein großes Arschloch nennen. Klar? Adel verpflichtet." Er steigerte nun seine Verachtung um einige Grade, und gab zu verstehen, daß der Besuch jetzt zuende sei; und er gleich gehen werde.

„Nichts lieber als das", antwortete ich. „Aber erst muß ich dir, wie es sich gehört, die Antwort geben, die du verlangst."- „Ich kann darauf verzichten", sagte er aus einem Mundwinkel heraus. „Das entspricht nicht der Etikette", gab ich zurück, und schickte den ersten Dartpfeil los. Er traf ihn an der rechten Schulter. Unter dem Aufwand eines erbärmlichen Grinsens versuchte Schlampf, mich zu besänftigen. Ich schickte den zweiten Pfeil los, der in die Wade des rechten Beines traf, dann einen weiteren, der im rechten Oberarm stecken blieb. Die eine Hälfte meines Besuchers war lahmgelegt. Er konnte den Schlagring nicht mehr betätigen. Auch sein Grinsen fiel ganz allmählich zusammen. Was sollte ich noch mit der anderen Hälfte machen? Schlampf verlegte sich aufs Jammern, und ich sagte, ich hätte noch drei Pfeile, und damit ließe sich der Besuch durchaus beenden; wenn er denn einverstanden sei. Er sagte nichts, ich öffnete die Tür zum Fluß, und geleitete ihn hinaus. Im Gehen murmelte er, er habe es sich gleich gedacht, daß ich kein guter Gastgeber sei. „Richtig", sagte ich, und fügte hinzu, „bitte, noch einen Moment", und zog die drei Dartpfeile aus ihm heraus. „Die gehören dir nicht, mein lieber Freund. Das verstehst du doch." Ich gab ihm einen Klaps auf die unversehrte Schulter, und schob ihn aus der Haustür hinaus.

Schlampf hat mich dann nur noch selten besucht, und den Vorfall nie mehr erwähnt. Allerdings streute er im näheren und weiteren Umkreis von Bekannten gewisse Gerüchte über mich. Überall dort, wo ich zu Bekannten kam, wurde mir vorgehalten, ich verstünde wirklich nichts von Malerei. Der modernen zumal.

VIII.

Die Zimmer-Guillotine

Eines Tages wurde ein junger Mann, er darf Hans heißen, auf entsprechende Weisung, und Anraten andererseits eines Familienoberbefehlshabers, mit dem er nur ganz am Rande verwandt war, in das hiesige Perspektiv-Gefängnis eingeliefert (dermaßen genannt wegen der guten Aussichten, die ein Insasse bei anständigem Betragen erreichen konnte). Warum diese Einrichtung, die es in anderen Städten, in ähnlicher Form gibt, und mit Erfolg, den Vorzug vor anderen Maßnahmen erhalten hatte, wird sich bald zeigen.

Der Oberbefehlshaber-er hatte früher einmal in den Tropenkriegen ein Bataillon geführt, und davon seinen Namen behalten-hatte einige Tage zuvor den Mitgliedern seiner Familie einen Klaps auf die Schultern gegeben, und damit veranlaßt, daß man sich um den jungen Mann kümmere. Nun war Hans aber mit dieser exekutiven Familie überhaupt nicht verwandt, und mit dem Oberhaupt derselben, wie erwähnt, nur am Rande (der Rand war ausgefranst). Er war auch kein Einwohner unserer, der hiesigen Stadt, sondern nur ein Durchreisender, der beabsichtigte, im Stadtarchiv ein paar vergessene Akten zu sichten, die sich auf die Tropenkriege bezogen; Memoiren, Einsatzberichte und Regimentschroniken. Zu den Aktenstücken gehörten auch, separat vom Archiv anzufordern, einige Photoalben, in denen die Einsätze des Tropenbataillons trefflich dargestellt waren. Die ehemaligen Angehörigen des Expeditionskorps, soweit sie alle noch munter lebten, hielten Akten und Bilder für verschollen. Unser junger Mann, der, ohne daß er davon gewußt hätte, nur von interessierter Seite Hans genannt wurde, hatte, ein Guck-indieluft, der er folglich geworden war, von allen diesen lieben Zusammenhängen nicht die geringste Ahnung; und mit welchen Folgen, ach, wird sich auch bald zeigen.

Er war eigentlich nicht in die Stadt gekommen, um im Archiv nur Aktenstücke von Tropenkriegen, Nordland-fahrten und Missionierungen in Togo zu suchen, nein, es ging ihm auch darum, nach Lebensspuren zu suchen, die einen anderen jungen Mann betrafen, der formvollendete Sonette, Ghasele, und pindarische Hymnen geschrieben, und sich, das 30. Jahr nicht vollendet, erschossen hatte, hier keine Spuren hinterlassen; und bald vergessen war. Hans hatte nun läuten hören, der selbsterschossene Dichter sei wirklich einmal in der Stadt geboren worden, von der hier die Rede ist. Zu dessen Lebzeiten (was man halt so Leben nennt) waren von dem Unglücksraben nur drei-schmale, wie die Kenner sagen- Bände erschienen, und einen davon trug unser Hans ständig bei sich, beim Einkaufen (Gemüsehändler, Bäcker, Fleischer), beim Flanieren und in Kneipen; oder bei Reisen über Land.

Im Findbuch hatte Hans bald einen Hinweis entdeckt, und schon nach fünfzehn Minuten legte ihm ein Archiv-diener ein Aktenbündel auf den Platz, den er im Lesesaal eingenommen hatte. Auf dem Deckel des Konvoluts stand in amtsmäßiger Schönschrift der Name »Zuckerstein«. Hans wollte nun den Aktenknoten lösen, als der Aktendiener mit scharfer Stimme Einhalt gebot. „Halt!", sagte er, „zwar dürfen sie den Aktendeckel betrachten, nicht aber die Akte öffnen, und schon gar nicht darin lesen. Ist das klar?"– „Nein", antwortete Hans, „keinesfalls. Diese Bemerkung ist völlig unsinnig." Der Diener lächelte milde, und fuhr mit eindringlicher Stimme fort: „Akten von Selbstmördern dürfen keineswegs gelesen werden. Ist das wenigstens klar?"- „Nein, das auch nicht. Unter Dichtern, Musikern und anderem Künstlervolk gibt es mengenweiße Selbst-mörder. Was man so Selbstmord nennt."–„Den letzten Satz will ich überhört haben, und jetzt raus mit dir, Bürschchen."- Der Saaldiener gab Hans einen Schlag auf den Kopf, packte ihn am Kragen, und führte ihn aus dem Saal hinaus. Niemand, der dort saß, wunderte sich; oder hätte sich anderweitig gerührt.

Während er ihn die Treppe hinunterwarf, bot er ihm noch ein Gespräch mit dem Stadtpfarrer und dem Vorstand des Musikvereins an. Hans aber, auch jetzt, da er die Treppe hinunterflog, war allergisch gegen Gespräche. Grundsätzlich, und weil es damals die große Mode war. Jedermann und jede Frau suchte ein Gespräch, ein Gespräch mit Gott, mit dem Präsidenten des Staatsrates, mit den Vertreterinnen des Verschönerungsvereins, und was es sonst noch an Autoritäten gab. Auch die Politiker sprachen mit dem Volk, und selbst unsere Schlagerstars säuselten Lieder, in denen, süß und zwingend, das Gespräch als Allheilmittel gepriesen wurde. Diese Mode hatte sich fast zu einer Art Staatsangelegenheit erhoben. Wie leicht blieb man an der Verlockung hängen, wie die Zeisige an der Vogelrute. Auf allen Parkbänken, in abgedunkelten Zimmerchen, bei endlosen Spaziergängen suchten gar verzweifelte Liebespaare ein Gespräch, um nach wenigen Minuten in die Hoffnungslosigkeit zurückzusinken, was nur bedeuten konnte, das Gespräch morgen fortzusetzen.

Kaum hatte Hans das Gebäude verlassen, als er auch schon, ein paar Meter hinter der Schwelle, von zwei Polizisten verhaftet wurde. Sie trugen Pickelhauben und Schleppsäbel, waren ansonsten aber normal gekleidet, als seien sie gerade eben aus dem Büro gekommen. „Unser Kommandant will dich mal sprechen", sagten sie unisono, führten ihn mit festen Griffen aus der Stadt hinaus, in die Vororte, zu einem Häuschen im Grünen, das von Rosenhecken umgeben war und frisch gebohnert roch.

Der Hauskommandant, eigentlich ein Direktor des städtischen Fuhrparks, war mit der Pflege dieser Besitztümer beschäftigt. Die beiden Polizisten warfen Hans auf eine Bank neben dem Hauseingang, und nahmen danach eine wartende Haltung an. Der Rasenpfleger, Gartenwerkzeug in Händen, erfaßte den Gefangenen mit einem strengen Blick, und sprach wie nebenbei: „So etwas wie du", verkündete der einstige Held der Tropen, „sollte grundsätzlich in Abrede gestellt; und ihm die Atemluft entzogen werden. Ich will aber Gnade vor Recht ergehen lassen, und dem Magistrat empfehlen, dich für eine Weile in unser Gefängnis zu stecken."–„Um Gottes Willen, nein! Erbarmen! Ich will nicht hier wohnen."–„Wie du willst, du nichtsnutziges Nichts, ich bin schließlich kein Unmensch. Verschwinde auf der Stelle, oder ich sperre dich in den Kartoffelkeller."- Hans zog den Kopf ein, machte sich ganz klein, und sagte bescheiden: „Ich gehe ja schon."

Die zwei Polizisten nahmen Hans wieder in ihre Mitte, führten ihn in die Stadt zurück, vor das Gefängnistor (das Tor zu den guten Perspektiven), und sagten, unisono: „Bitte sehr! Du hast es selber so gewollt."- „Und wer hat das entschieden?"- „Der Mann", sagten die Polizisten, „bei dem wir gerade waren. Das ist doch wohl klar."- „Und wie", wollte Hans zu allem Überfluß noch wissen, „lautet die Anklage des Rosenpflegers gegen mich?" Die beiden Polizisten lachten, traten verlegen von einem Fuß auf den anderen, und sagten grinsend: „Der Held der Tropen hat eigentlich nichts zu sagen. Er schmückt sich mit vielen Titeln. So viele Auftritte, im Kirchenrat, im Gesangsverein, in der Ortsgruppe, so viele Titel und Orden. Manchmal behauptet er auch, er sei U-Boot-Kommandant gewesen, obwohl er das Meer nicht von seiner Badewanne unterscheiden kann. Und wenn er erst einmal unter seinen Freunden sitzt, den Kannegießern vom Ratskeller, versteigt er sich zur Behauptung, er habe schon einmal in den Tropen gekämpft, Cochinchina oder so was, und verweist auf Tätowierungen auf seinen Armen, von denen aber jeder weiß, daß er sie sich selber aufklebt, bevor er in den Ratskeller geht. Sicher ist nur, daß er früher in einer anderen Stadt gelebt hat, bevor er hierher, zu uns gezogen ist."

In diesem Augenblick öffnete sich die kleine Pforte im großen Gefängnistor, und der Direktor trat daraus hervor. Er nahm den Gefangenen in Empfang, und führte ihn in eine Zelle, die extra für ihn hergerichtet worden war. Das Fenster war nicht vergittert, die Matratze auf dem Eisenbett weich, und zur Einrichtung gehörte neben dem üblichen Spind ein Tisch aus Nußbaumholz mit einem bequemen, gepolsterten Stuhl. Auf dem Tisch standen Bücher über die ganze Breite der Platte. Davor lag ein Schreibblock mit Bleistiften. Mit den Büchern konnte Hans nicht viel anfangen. Es handelte sich um limnologische Fachliteratur. So kam es, daß er wochenlang die Wolken am Himmel und das Treiben auf dem Gefängnishof betrachtete. Die Verpflegung war ganz passabel, und manchmal erhielt er sogar eine Flasche Bier.

Ab und zu kam der Direktor in die Zelle, um sich mit Hans, seinem Gefangenen, zu unterhalten. Diesem ging allerdings bei diesen Besuchen regelmäßig der Gesprächsstoff schon nach wenigen Minuten aus, so daß der Direktor unwirsch wurde, und unserem Hans damit drohte, andere Saiten aufzuziehen. Ob ihm denn gar nichts einfalle, fragte dringend der Direktor, so schwer könne das doch nicht sein, besonders in der Situation, in der er sich befinde, da mache man sich doch so seine Gedanken. Da habe man gewiß etwas zu sagen. Ob ihm wirklich nichts mehr einfalle, sagte drohend der Direktor. Doch, sagte Hans, da sei noch etwas. „Raus damit!", brüllte der Direktor, „sonst setzt es was." Nach einigem Zögern entschloß sich Hans, dem Direktor einen Gefallen zu tun. Wenn es denn sein müsse; und sagte: „Doch, da ist noch etwas. Ich kann mich noch an zwei Sätze erinnern, die mir während eines Aufenthaltes in Amsterdam von einem alten Mann mitgeteilt wurden. Ich saß auf einer Bank an einer Gracht. Der Alte setzte sich zu mir, und sprach, ohne weitere Vorrede: „Erstens: »Überschätzung ist, von jemand aus Liebe eine größere Meinung haben, als recht ist.« Zweitens: »Unterschätzung ist, von jemand aus Haß eine geringere Meinung haben, als recht ist.« - Nun, was halten Sie davon, Herr Direktor? Die Weisheit der Alten, die hat doch etwas für sich, oder?"

Dieser fuhr wütend von dem Bett hoch, auf das er sich, wie üblich bei seinen Besuchen, gesetzt hatte, stürmte aus der Zelle hinaus, und schlug die Türe hinter sich zu; und kam nie mehr wieder zu einem Gespräch mit seinem Gefangenen. Seltsamerweise wurde der nicht vom Aufsichtspersonal schikaniert, und mußte auch nicht mit dem üblichen Gefängnisfraß vorlieb nehmen. Man ließ ihn einfach links liegen. Das ging so eine Weile. Dann schickte ihm der Direktor ein ganz besonderes Geschenk. Zwei Kalfaktoren schoben eines Tages (was man so Tage nennt) ein Holzgestell in die Zelle, das man nicht jeden Tag in den Wohnungen oder Büros sieht, ein Gestell, das Hans sogleich als » la Louisette « erkannte. Herrjemine, dachte Hans, sollte das der Endpunkt der Gespräche sein. Was Hans wußte, weiß vielleicht der Leser nicht. Die hölzerne Maid besteht aus zwei, oben mit einem Querholz verbundenen Ständern, in deren Falten ein diagonal liegendes schweres und sehr scharfes Messer heruntersausen kann, und einem Mann den Kopf sauber vom Rumpf trennen (die Chroniken verzeichnen auch, ab und an, weibliche Probanden), wenn der Kopf des Übeltäters, der natürlich gefesselt bäuchlings auf einem Brett liegt, in den passenden Ausschnitt der Lukarne verbracht worden ist, bei oben wartendem Fallbeil. Das Exemplar, das man unserem Hansen in die Zelle geschoben hatte, war eine Miniaturausgabe des ansonsten hoch aufragenden Gestells; somit eine Zimmerguillotine, den Höhenverhältnissen des Raumes, in welchem er sich gerade befand, angepaßt, die, ebenso wie diese große Maschine im gekachelten Hinrichtungsraum des Gefängnisses, den gewünschten Zweck erreichen konnte, in der Heimlichkeit.

Der Hans wurde weiterhin mit gutem Essen versorgt, erhielt manchmal, statt Bier, sogar eine Flasche Wein, mußte aber seine Zeit Tag und Nacht mit der stummen und erfolgsheischenden Maschine verbringen. Immerhin war das Fallbeil nicht hochgezogen worden. Hans hatte das Bett ans Ende der Zelle geschoben, so daß der Kopf unter das Fensterbrett zu liegen kam. Tagsüber versuchte er dann, auf andere Gedanken zu kommen, und hatte sogar damit angefangen, in den limnologischen Schriften zu lesen. Nachts aber hatte er schlechte Träume. Meistens wanderte er stets vergeblich in fremden Städten umher, weil er durch Straßen gehen mußte, die er nicht kannte, und in Häusern landete, die er zwar kannte, die jedoch leer und unbewohnbar wurden, sobald er sie betrat.

Eines schönen Tages (kein Thema, über das sich noch zu reden lohnte) kam der Herr Direktor mit einem Manne unbestimmten Alters in die Zelle, der grobes Schuhwerk und Arbeitskleidung trug. Der Direktor fesselte ihm die Hände auf den Rücken, und stellte ihn in die Ecke zwischen Spind und Tür. Dann zog er das Fallbeil nach oben und öffnete die Lukarne, und schob das obere Brett derselben in die Höhe. Darauf fesselte er den Mann auf das aufgerichtete Klappbrett an der Maschine, ließ es nach vorne fallen, und schob es, mit dem Mann darauf, vor die Lukarne. Sobald das Brett eingerastet war, die Lukarne sich selbsttätig geschlossen hatte, fiel das Beil. Der Kopf fiel entsprechend, und der Direktor sagte, lächelnd unserem Hans zugewandt: „Siehst du, so geht das. Was du gerade eben gesehen hast, das war nur zum Abgewöhnen. Und daß du mir bald auf andere Gedanken kommst."

Er warf Hans aus dem Gefängnis hinaus, der in den nächsten Tagen genug Zeit hatte, über seine Perspektiven nachzudenken, über Archive und Kolonien, Gärten und Häuser.

IX.

Die Reifeprüfung

Eines Sonntags (ob ihn der Herr gemacht hat, man wird´s rechtzeitig sehen), nach der Messe und dem Schoppen im Ratskeller, ging, wie üblich, die Regentin in ihrem Volke umher, um die Wirkung, die sie ausübte, zu überprüfen. Da lächelten, wie an üblichen Wochentagen, die Leute ihr zu, winkten ihr zu, hielten ihr ihre Kinder entgegen, oder es geschah auch öfters dieses, sie küßten, wenn sie nahe genug an sie herangekommen waren, mit einem lauten Schmatz, ihr die Hand (heimlich und rasch wischte sie, mit Hilfe von Taschentüchern oder ihres Kostümrockes, die Spuren der Liebesbeweise wieder ab); und manche ihrer Anhänger knieten auch vor ihr nieder, meistens nur in großer Ferne, denn das waren die Leute, die auch in der Kirche gewesen waren, und nicht bei weltlichen Glaubensakten gesehen werden wollten. Hie und da erhob sich auch Gesang, in Einzelstimmen oder kleinen Chören. Und manche ihrer Verehrer–indessen, es war schon klar, daß fast die ganze Nation ihr huldigte–trampelten einfach mit ihren ungehobelten Füßen auf den Boden, so wie sie es am Rande des Fußballfeldes taten, in den Kneipen, wenn die Stimmung einheitlich war, oder beim Minigolf, wenn sie gewannen. So war der Verlauf der Huldigung jeden Sonntag geregelt, auch an den Feiertagen, wenn sie sich zeigte, und selbstverständlich und ganz besonders am Nationalfeiertag, an Ostern und Pfingsten, am Buß-und Bettag, zur Eröffnung der Jagdsaison, und am Tag der Arbeit, nur in den Schulferien wurde eine Ausnahme zugebilligt. Ja, so wurde die Regentin gefeiert. Und so würde es auch heute sein. Es würde sein wie immer. Jedoch, es war nicht. Heute nicht. Ja warum denn nur! Was konnte geschehen sein?

Sie ging unbeirrt weiter, senkte den Kopf, ließ die Schultern hängen, und setzte das beleidigtste Gesicht auf, das sich nur denken ließ, mit viel Migräne, Mutterleiden und Mutterliebe, mit ganz hohem Verantwortungsgefühl. So ging sie weiter durch die Menge, schaute zu Boden, und versuchte dabei, aus den Augenwinkeln heraus, unauffällig, festzustellen, welche Wirkung sie jetzt, in der eingenommenen Demutshaltung, ausstrahlte. Praktisch keine. Wie konnte das nur sein. Hatte sie doch alles wie immer richtig gemacht, und sogleich die entsprechende Wirkung erkannt.

Unsere Regentin–ja wer hätte denn etwas anderes erwartet–ließ sich nicht entmutigen. Sie ging gemessenen Schrittes nachhause, und betrat ihre Wohnung durch den Flur. Zunächst schaltete sie das Licht ein, dann hängte sie die Handtasche an einen Haken der Flurgarderobe. Und dann trat sie vor den Flurspiegel, um, nach einem aufmerksamen Blick, ihre Frisur zu ordnen. Dann holte sie aus dem Kühlschrank eine Flasche Mineralwasser, nahm aus der Küche ein Glas mit, ging hinüber in das Eßzimmer, um sich an den Tisch zu setzen, und darüber nachzudenken, was geschehen war, und was anders war als alle andern Tage.

Kaum hatte sie das zweite Glas geleert, in das sie außer dem Mineralwasser noch eine Spalttablette gegeben hatte, da hellte sich ihr Gesicht auf, da hob sie wieder das Gesicht an, da hatte sie auch schon die Lösung gefunden. Ja, so war es. Und es konnte gar nicht anders sein. Während des Aufenthaltes in der Kirche, sie in der Bank kniete, und aufmerksam die Messe verfolgte (an einem Sonntag die evangelische, am andern die katholische), sich mit ihrem Gott besprach, und ihm gute Ratschläge gab, da hatte doch wirklich das liebe Jesulein ihr das Gesicht geklaut, das Gesicht, das sie unbedingt für das Regieren brauchte. Vorhin, im Flur, beim Ordnen der Frisur, hatte sie das überhaupt nicht bemerkt, wie konnte das sein, aber jetzt, da sie ihr Gesicht in die Hände gelegt hatte, und ganz fertig war, da spürte sie es. Was sollte sie nur machen? Mit dem Gesicht, das sie vor ihrer Regierungszeit vorgefunden hatte, einfach aus dem Haus gehen, einfach ins Büro, mir nichts dir nichts zum Supermarkt um die Ecke herum?

Wie die Geschichte ausging, wie sie das Problem löste, ist nicht bekannt, denn sie wurde nie mehr wieder in der Öffentlichkeit gesehen. Es ist weniger bekannt, vielleicht überhaupt nicht, daß die Kommunisten, die sie von ihrem Kabinett noch drei Tage zuvor hatte verbieten lassen wollen, durch Indiskretion von Hausangestellten von dem ungewöhnlichen Vorfall erfuhren, und auf dem nächsten Parteitag einen Beschluß faßten, der nicht recht in ihre Tradition paßte, den, vorübergehend wieder gläubig zu werden, um von diesem Herrgottsakrament zu erfahren, wie der es geschafft hatte, in die Politik einzugreifen, mit einer derart verblüffenden Wirkung. Und wo die Probleme seien, wenn sie erst einmal gelöst sind. Oder wo der Wind, wenn er nicht wehe.

Bald war auch dieses Problem gelöst. Die Partei wurde verboten, und die Regentin ging ins Exil. Wo? Aber, aber ich bitte dich, lieber Leser, das kann nun wirklich niemand wissen.

X.

Augenblicke des Herrn Omega

Herr Omega liebte es nicht, im Wirtshaus auf einer Eckbank Platz zu nehmen, weil es dann schwierig war, den Tisch weit genug abzurücken, um bequem zu sitzen. Die Ecktische waren meistens sehr schwer, und Herr Omega nicht sportlich. Eine weitere Gefahr bestand darin, daß sich jemand gegenüber, auf einem Stuhl niederlassen würde, um ein Gespräch zu beginnen; Wetter, Fußball, Seligsprechungen, Kongokriege. Herr Omega hatte dann kaum eine Chance, aus der Ecke herauszukommen, und den Erkenntnissen seines Gegenüber zu entkommen. Selbst im Biergarten war er nicht sicher, dem zu entgehen, was die Leute in ihren Zeitungen gelesen hatten; selbst wenn er sich an einen kleinen Tisch gesetzt hatte, und den zweiten Stuhl heimlich an einen Nachbartisch gestellt. Nun ja, im Grunde genommen befand er sich immer in Gefahr, eine menschliche Begegnung zu erleben. Tag aus und Tag ein, ja mehr noch Jahr aus und Jahr ein, hatten die Leute ein enormes Mitteilungsbedürfnis. Herr Omega hätte gar zu gerne gewußt, wer ihnen das eingeflüstert hatte, aber wenn er einmal bei einem Gegenüber, dessen Niederlassung an seinem Tisch er nicht hatte vermeiden können, versuchte, das Gespräch eben darauf zu bringen, verstummte der Gesprächspartner sofort, machte aber keine Anstalten, sich zu entfernen. Überall drohte Herrn Omega ein Gespräch, doch ließ er sich deswegen nicht davon abhalten, das Haus zu verlassen.

Eines Tages (immer wieder diese Tage) saß er in einem Café, das ausschließlich von jungen Leuten frequentiert wurde, fühlte sich sicher, weil diese sich gewiß mit einem alten Esel nicht würden unterhalten wollen, während er »L´Humanité« las, und andere ausländische Zeitungen auf dem Tisch herumlagen. Er hatte gerade einen Espresso mit Grappa getrunken, so hatte er auch schon Gesellschaft bekommen. XY, ein hübscher Kerl, sagte ohne jeden Übergang zu Herrn Omega: „Mein Gott, sind sie aber gebildet." Herr Omega wunderte sich, daß er nicht geduzt wurde, Opa genannt, Spießer oder Steinzeitgrufti. Herr Omega lächelte. Das nützte ihm nichts. Er sagte, schönes Wetter, das half auch nichts, und jede andere Floskel ebensowenig. Der XY wiederholte: „Wirklich. Sehr gebildet. Wie machen sie denn das." –„Ich kann ein paar Zeitungen lesen, aber wirklich gebildet bin ich nicht. Eine gewisse Bildung stellt sich erst in einem gewissen Alter ein." Der XY stellte begeistert fest: „Dann müssen sie sehr gebildet sein. Sie sehen ziemlich alt aus." Herr Omega blieb höflich, und sagte: „Ich meine, erst im hohen Alter."- „Und wann ist das", wollte der XY wissen. „Sie haben es eilig. Es dauert eben seine Zeit. Zwei oder dreihundert Jahre. Das könnte hinhauen. Jedenfalls geht das weit, sehr weit über das Schwabenalter hinaus." Der hübsche Junge verstand die Anspielung nicht, und sagte: „Aber so alt wird doch kein Mensch. Also können wir die Bildung gleich in den Kamin schreiben." Herr Omega blieb höflich, und sagte: „Doch, doch, das geht schon."-„Ja wie denn? Praktisch gesehen", wollte der XY wissen. „Durch langes Verweilen in der Vergangenheit", sagte Herr Omega, und lud den jungen Mann zu einem Bier ein.

Der XY hatte einigermaßen gute Manieren, und wollte sich mit Herrn Omega über das unterhalten, was in diesen Zeitungen mit den unaussprechlichen Namen stand, wich jedoch entschieden aus, wenn Herr Omega den Versuch machte, alte Geschichten auszukramen. „Das interessiert doch niemand", sagte der hübsche Junge (er hatte einen Augenaufschlag wie ein sehr junges Mädchen). „Da haben sie völlig recht", antwortete Herr Omega, und sagte zum

Abschied: „Die Zukunft kann nur noch besser werden!"
Der XY machte ein leeres Gesicht.

An einem andern Tag (kein Kommentar mehr zu den Tagen) ging Herr Omega auf den Markt, um etwas für eine Gemüsesuppe einzukaufen. Mitten auf dem Marktplatz stand ein unglücklicher junger Mensch, und gab sich alle Mühe, seine Haut zu verkaufen. Jedoch, niemand wollte sie haben. Weil aber der unglückselige junge Mann in seiner Art konsequent war, ging er am nächsten Tag wieder auf den Markt, um seine Haut feil zu bieten. Es war wie tags zuvor. Niemand wollte ihm die Haut abkaufen.

Am dritten Tag-oder war es der neunte, der dreizehnte, oder sonst ein Tag, was soll man auch sagen–ging er wieder zum Markte, und sprach laut und vernehmlich: „Warum will denn keiner meine Haut haben? Ich verkaufe sie jedem, der sie haben will, zu jedem Preis, und sei er auch der abscheulichste Mensch der Welt."

Es war eine Stille um ihn herum. Da trat einer der erfahrenen Händler hinter seinem Obststand hervor, ein vierschrötiger Kerl mit Gesicht, baute sich vor dem Unglücksraben auf, zeigte ihm den Vogel, und sagte verächtlich: „So wirst du dein Ziel nie erreichen."–„Ja warum denn?"–„Weil der Preis, den du verlangst, viel zu niedrig ist. Kapiert? Wer will schon einen Dreck kaufen, der nichts wert ist"

Herr Omega, der auch an diesem Tag auf dem Markt war, ging, in Nachdenken versunken, nachhause, und bereitete–er hatte am Stand des Metzgers noch ein kleines Stück Beinscheibe gekauft–seine Gemüsesuppe zu. Am nächsten Tag las er in der hiesigen Zeitung, ein völlig verwirrter junger Mann habe seinem Vater die Haut abgezogen, sie auf dem Markt feil geboten, und dreihundert Goldmark erlöst, bevor er in die Irrenanstalt geführt wurde.

XI.

Billetdoux

Jeden Tag, gegen 11 Uhr, stellte Negruzzi, der Schreiber, seinen Tisch an einer Ecke des Marktplatzes der Großen Stadt des Südens (im Ausland als GSS bekannt) auf, die den Alpen zu Füßen lag und immer noch liegt, und wartete dort, bei vielerlei Wetter, auf Kundschaft. Um diese sich geneigt zu machen, kleidete er sich wie Eisenstein in der Fledermaus; und setzte sich ein entsprechend gewinnendes Lächeln auf, womit er bei Damen jeden Standes und Alters gut ankam, die sich gerne Liebesbriefe von ihm schreiben ließen. Natürlich konnten sie alle selbst sehr gut schreiben, hatten eine schöne Hand, wie man so sagt, und auch kein Problem, einen Brief auf die Post zu bringen, oder dies durch Zofen besorgen zu lassen. Sie benutzten den Schreiber–sein Vorname war Antonio–lediglich dazu, ihre Botschaften unter einer passenden Tarnung zu verbreiten, und manchmal dazu, verbotene oder gar unanständige Briefe zu schreiben. Im Grunde aber war das alles viel einfacher. Sie brauchten Antonio, damit er an ihrer Stelle, nach ihren Worten & Vapeurs, romantische Briefe schriebe, eben solche, in denen sie alles sagen konnten, was ihrem großen Herzen entquoll.

Sie kamen leichtfüßig, mit großen Hüten und wohlgestalteten Leibern-die innere und äußere Kleidung tat ein Übriges dazu-an sein Tischchen, auf dessen Mitte, knapp vor Negruzzi selber, ein Häufchen eleganten Papiers lag, manche Blätter parfümiert, rechts oben ein Füllfederhalter, links ein dickes Löschblatt, und setzten sich auf den bereitgestellten Stuhl, mit kaum faßbarer Grazie, wobei sie darauf achteten, daß das Näschen (Damen haben keine

Nasen, wie ordinär das wäre, ich darf doch bitten) mit leichtem Schwung keck nach oben gereckt war, aber nicht hochnäsig, nein, das auch wieder nicht. Die Brust war aussichtsreich, und das Hinterteil, in dem Augenblick, da es, bei gerafftem Kleid, sich der Sitzfläche des Stuhles anfügte, von globaler Bedeutung; die Augen strahlten. Und wenn sie erst einmal saßen, die Schönen des Tages, schütteten sie Negruzzi, dem Schreiber, mit einer solchen Heftigkeit ihr Herz aus, daß er Mühe hatte, alles wortgetreu auf´s Papier zu bringen.

Am liebsten kamen diese schönen Repräsentantinnen ihres Geschlechts und der Welt zu zweit an den Tisch des Schreibers, als die besten Freundinnen (wenn sie allein und unauffällig kamen, ließen sie gelegentlich einen Brief an den Freund einer ihrer besten Freundin schreiben), oder manchmal auch zu dritt, wenn es denn sein mußte. Negruzzi mußte in diesem Fall rasch einen oder zwei Stühle vom benachbarten Café herschaffen. Wenn sie in einer solchen Konstellation sich niedergelassen hatten, übergossen sie den Schreiber mit rauschenden Gefühlen, unter tiefen Seufzern und mit schweren Augenaufschlägen, redeten durcheinander und fielen sich ins Wort, und überließen es dann wie selbstverständlich dem Negruzzi, einen vernünftigen Text daraus zu machen. Er wird schon wissen, wie die beste Wirkung zu erzielen war. Wie der richtige Text für die richtige Gelegenheit zu schreiben sei.

Die Probleme fingen erst an, als darüber gerätselt wurde, an wen dieser oder jener Brief zu richten sei. Manchmal dauerte der Disput einige Minuten, manchmal fast eine Stunde. Das Ergebnis lief stets auf das nämliche hinaus. Sie überließen es bedenkenlos Negruzzi, einen Adressaten zu finden, zahlten und gingen. Dieser nahm das Telephonbuch, wählte einen Namen, schrieb ihn auf den Umschlag; und brachte das Schreiben auftragsgemäß zum nächstgelegenen Briefkasten.

XII.

Sandpiper

„An dem Tag", sagte John, der ein Landstreicher war, zu einem anderen Landstreicher, mit dem er am Strand entlang ging (der hatte auch einen Namen, der ebenfalls keine Rolle spielte), „als ich geboren wurde, war mir sehr kalt, fast eisig, und ich hatte kein Interesse mehr, nach Hause zu gehen, ich hatte den ganzen Laden satt."- „Und was hast du dann gemacht", fragte der andere Landstreicher.- „Das, was mir nicht anders übrig blieb", antwortete John. „Nichts. Ich verging in der Kälte.".- „Na hör´ mal", hielt der andere dagegen, „du übertreibst wohl ein wenig. Denn, wie du siehst, lebst du noch, und so wie du dazu aussiehst, mit deiner sonnengebräunten Haut, dem kräftigen Schritt, dem, fast möchte ich sagen, kühnen Blick, sind das bestimmt eine Menge Jahre. Natürlich sieht man immer älter aus, als man ist, wenn man so lebt, wie wir das tun."- „Und wie tun wir das", wollte John wissen. „Du weißt so gut wie ich, daß wir gar nicht leben."- „Und wie tun wir das, wenn wir nicht leben?"–„Wen", sagte John, „interessiert das schon. Niemanden, das ist doch klar, die anderen, die mitten im Leben stehen, schon gar nicht; sie sind damit beschäftigt, zu glauben, sie würden leben. Sie veranstalten Feste, steigen auf Berge, leben in Familienverbänden. Das festigt den Glauben, die Behörden, auch Entscheidungsträger und Seelenaufpasser sind zufrieden."

„Mein Gott", entgegnete unwirsch der andere Landstreicher, „was geht uns das an. Ach, das Glück der anderen ist nicht für uns gemacht. Wir sind aus dem Spiel, und die Glücklichen wissen nicht, daß es uns gibt."- „Das ist ein

Teil ihres Glückes. Wenn sie Ahnung davon hätten, daß es Galaxien von Dschungeln, Wüsten und Ozeanen jenseits ihrer bescheiden Hütten gibt, na dann, mein lieber Freund und Sportsgenosse, dann gut Nacht am Sechse."- Und der andere Landstreicher sagte erleichtert, dann sei ja alles in bester Ordnung.- „Nicht ganz", sagte John mit großer Stirnfalte.- „Dir", antwortete der andere Landstreicher, „kann man es nicht recht machen. Du gehst hier am Strand entlang, ohne daß du gleich erschossen würdest. Was willst du mehr?"– „Nicht viel", meinte John, „ich will nur wissen, was wir tun, wenn wir nicht leben. Ist das zu viel verlangt? Und aus dem Spiel sind wir keineswegs. Auch wenn wir schon lange tot sind, oder hier herumlatschen, ohne zu leben, und mit der Möglichkeit rechnen, daß wir, ohne daß unsere Eltern davon gewußt hätten, schon von Anfang an rein zum Tode zerzeugt wurden. Und das ein ganzes Leben lang." - „Nun wirst du aber pathetisch", sagte der andere, „du qualmst förmlich."- „Mag sein", antwortete John, und blickte dabei auf die paar Meter zurück, die sie inzwischen am Strand zurückgelegt hatten, und sagte zum anderen Landstreicher, „siehst du die Spuren, die wir im Sand gelassen haben, am Strand eines Meeres, dessen Wellen weiß der Teufel für wen und wozu bewegt werden, und vielleicht nur zu dem Zweck, daß wir nicht merken, daß sich nichts tut."- „Und von wem?", ergänzte lächelnd der andere.- „Nun wirst du pathetisch", entgegnete John, „es wird nicht lange dauern, und du kommst mir mit dem himmlischen Vater, in der ganzen Totenleere, die sich zusammenschlamasselt."– „Aus gutem Grunde", hielt der andere Landstreicher, etwas zögernd, dagegen. „Es muß einen Sinn haben, daß wir nicht leben, weil wir zu Tode geboren wurden. Es muß einen Sinn haben, daß wir auch im Tode nicht leben, weil das andere für uns tun, die glauben, sie würden die nächsten Tage überleben. Und wenn wir einmal sterben...aber was heißt das schon, in unserem Fall." - „Dann werden das all unsere Lieben nicht bemerken, die unerschütterlich glauben, sie hätten den Tod erst noch vor sich, wenngleich sie schon seit Ewigkeiten von ihren täglichen Pflichten abgenagt und zu richtigen Knochenmännern wurden, solchen, wie sie im Mittelalter gerne als Mahnung gezeichnet wurden, und auf Flugblättern verteilt, in den Zeiten der Pest; oder wenn sich die Leute schlecht benommen hatten, nach Ansicht der Herzöge und Prälaten."- „Bei der Aufzählung der Knochenmänner hast du", sagte John mit einem Lächeln, „die Frauen vergessen, die uns geboren haben.".- „Quatsch", sagte sofort der andere, sehr heftig, „das hat damit nichts zu tun. Wir müssen immer mit Respekt von denen reden, die Leben schenken. Das muß doch alles einen Sinn haben."- „Mit dem größten Vergnügen", meinte John, „wenn es höheren Zwecken dient."- „Wußte ich´s doch", sagte der andere triumphierend, „auch du kommst nicht darum herum, dir einen Herrgottswinkel einzurichten. Das hilft gegen die Kälte."–„Das", sagte John, „das hilft der Einrichtungs-industrie." - „Wie das?" - „Ganz einfach, wie sonst alles im Leben. Man freut sich, das Herz wird warm, die Stimmung steigt, wenn in einem frostkalten Scheißhaus die Wände mit Blümchentapeten beklebt sind."- „Du hast", antwortete der andere Landstreicher, „wirklich keinen Sinn für das Höhere."- „Ich habe", sagte John, „eine empfindliche Nase; und als ich zum letztenmal nachschaute, wie es in meinem Herrgottswinkel aussieht, da sah ich, na, was glaubst du wohl, da sah ich nichts als Klobürsten, solche, mit denen das Weihwasser unter die Glücklichen verteilt wird."- „Mein Gott", meinte nun endlich der andere Landstreicher, bei dir ist wirklich Hopfen und Malz verloren. Tschüß, und auf ein anderes Mal."- „Man wird sehen", sagte John, und sah zu, wie der andere Landstreicher sich entfernte, langsam, am Strand.

XIII.

Der Bandwirker

Eines Morgens (um die Tageszeit kommt niemand herum und der Mond kreist auch um die Erde) erwachte Holubek, und beschloß, sein Leben in die eigenen Hände zu nehmen (er hatte nur zwei, nicht drei, wie mißgünstige Zeitgenossen und fleißige Lieschen behaupteten). Und obwohl er nur diese zwei Hände hatte, war doch noch zu klären, wer in diesen bewegten Zeiten die Hand im Spiel hatte; und warum.

Nichts einfacher als das, dachte Holubek, wenn ich schon einen Entschluß gefaßt habe, wird er mir auch noch gelingen, ging unter die Dusche, nahm ein Frühstück zu sich, das er bereitet hatte, und schlug die Zeitung auf, die jeden Morgen durch den Türschlitz in seine Wohnung gelangte. Es wurde ihm mitgeteilt, die Welt sei ganz in Ordnung. Gut, sagte sich Holubek, das wollen wir auch einmal so sehen, und außerdem, auch das Wetter sieht mir ganz danach aus. Der letzte Krieg ist längst vorbei, seit Jahrzehnten, sagte der Monsignore Huberl, die Politiker auf den Versammlungen sagten es ebenfalls, und die Mutter sagte es ihren Kindern. Der Vater kann den Kindern nicht mehr viel sagen, er ist ausgerechnet in diesem letzten Krieg geblieben, weit weg, die Erinnerung hat sich schon aus dem Staub gemacht. Alles in allem, sagte sich Holubek, indem er seine Schlüsse zog, es wird schon gehen, und faßte einen weiteren Beschluß: Im Frühtau zu Berge, venceremos.

In diesem Augenblick seiner Beschlußfassung, da hing zappelnd die ganze Zukunft, und diese Zukunft sah gut für ihn aus, denn schon die Gegenwart wiegte ihn in Sicherheit, an einigen Fädchen.

Er war geschäftstüchtig, ein Kleinunternehmer, der als solcher eine Bandwirkerei besaß, die mehrere Stühle umfaßte. Das Geschäft lief fast von selbst, die Schubstühle und der Mühlstuhl arbeiteten für ihn, ähnlich wie andere Herren, die beim Gemeinderat hoch angesehen waren, ihre Pferdchen auf dem Trottoir laufen hatten; natürlich waren auch einige Arbeiter an seinen Wirkstühlen tätig. Die Produkte seiner Firma wurden in ganz Europa verkauft, all die Zwirnbänder, Strippenbänder, Harrassbänder, Florettbänder, Atlasbänder, moirierte und gaufrierte Bänder.

Der Tag konnte nicht besser werden. Nachdem er seine Wangen mit Rasierwasser beklatscht hatte, und gut gekleidet war, begann er damit, einen Fuß vor den anderen zu setzen; und ging direkt auf die Wohnungstür zu. Er öffnete sie, und wollte sie mit einem ganz großen, optimistischen Schwung hinter sich zuschlagen. Jedoch, in der endlosen Sekunde, bevor sie ins Schloß knallte, kam eine unmerkliche Verzögerung über ihn.

Eben in dem Augenblick, da der Knall erfolgen sollte, fielen ihm einige mahnende Worte ein, die sein Vater, kaum war er auf Erden erschienen, er, Holubek, mit großer Feierlichkeit an ihn gerichtet hatte, begleitet von leichtem Stirnrunzeln, und einem Seufzer, der Überarbeitung verriet. Und wenn man es historisch betrachtet, war es so, daß eben dieser Vater, man braucht sich bei diesem Wort nichts zu denken, bereits auf den schwangeren Bauch seiner Mutter eingeredet hatte, und eine gründliche Erziehung bewirkt, mit der Holubek bis zu diesem Tag ganz gut ausgekommen war.

Er verließ endlich die Wohnung, das Haus, trat auf die Straße hinaus. Als er diese überqueren wollte, wurde er von einem Automobil Marke Gräf & Stift erfaßt; und entsprechend zu Tode gefahren.

XIV.

Der lange Marsch

Holubek war in ordentlichen Verhältnissen aufgewachsen. Das führte eines Tages (beim Auftauchen dieses Wortes, lieber Leser, bitte nicht zusammenzucken) geradenwegs dazu, daß er sich, von Überraschungen überrollt, mit dem drolligen Gefühl konfrontiert sah, etwas könne an diesen Verhältnissen nicht in Ordnung sein. Zunächst blieb dies Gefühl in zwei oder drei selige Kindertagen eingehüllt, und vermochte sich dort einige Jahre lang gut versteckt halten.

Holubek fing Stichlinge in den Bächen des Bruchs (mit einem langen u), und kannte den Trick, wie man sich dabei nicht verletzt. Er klaute Äpfel (es waren wirklich Äpfel) von den Bäumen, die auf den Feldern in der näheren Umgebung des Dorfes standen; in die Gärten, in welchen es die schönsten Bäume gab, durfte man nicht hinein. In den Kalksteinbrüchen, die oberhalb des Dorfes in den Hügeln lagen, suchte er, wie die anderen Buben, nach Erdmännchen. Über dem Gestein lag eine dicke Lösschicht, wie allgemein in der Gegend. In diese hatten die Buben der vorigen Generation schon kleine Höhlen gegraben, um nach den Erdmännchen zu suchen. Das waren zusammengebackene Klumpen aus Lös, die, wenn man Glück hatte, in früheren Zeiten menschenähnliche Formen angenommen hatten, oder einfach nur wie undefinierbare Wesen, oder wie winzige Gebirgsformationen aussahen, begehrte Fundstücke, die man in einer Ecke des Gartens aufstellen konnte, ohne dafür gleich geschimpft zu werden.

Die Herkunft der Erdmännchen interessierte die Buben nicht, die in den Löshöhlen gruben, wichtig war nur, einen Klumpen zu finden, der am ehesten noch als menschenähnlich gelten konnte. Die frühzeitliche Erdgeschichte war für sie ohne Bedeutung, besonders im Sommer, wenn man sich draußen herumtreiben konnte. Die Zeit in der Gegenwart spielte noch keine Rolle, sie war kaum mehr als ein Scheit Holz im Stapel, eine Handvoll Matsch, den man aus dem Bach holte, wenn an dessen Ufern Wasserfälle gebaut wurden, stufenweise vom Wegesrand hinab zum Bachlauf. Waren die winzigen Wasserbecken ausgeformt, wurde oben Wasser hineingegossen, und das langsame Ablaufen nach unten beobachtet. Das war auch nicht mit einem Zeitfaktor verbunden.

Ein solcher machte sich zuerst in der Schule bemerkbar, wenn die Unterrichtsstunden abzusitzen waren. Das war gerade noch auszuhalten. Problematisch aber war ein anderer Zeitfaktor, die Stunde vor der Heimkehr des Vaters aus dem Büro. Dann wurde es im Gemüt der kleinen Buben düster. Denn sie wußten, was zu erwarten war; und im Hinterkopf, wo die Angst saß (auf diese Stelle wurde auch geschlagen: Lehrer, Pappis, Kaplan), da fing auch, ohne daß sie ein Bewußtsein davon hatten, das Denken an, von welchem eingangs schon die Rede war. Traf das Oberhaupt, in welchem alle Mißstände der Welt vermutet wurden, zuhause ein, wurde die Luft für das Atmen, der Raum für das Leben; und das Licht für die Augen knapp. Es, das Oberhaupt, war stets mürrisch, weil das Essen nicht rechtzeitig auf dem Tisch stand. Manchmal war es in ganz schlechter Laune, um den Übergang zum Brüllen zu finden: weil die Treppe nicht gefegt war, das Unkraut im Garten nicht gejätet, und der Hasenstall nicht gereinigt. Während den Kindern erst eine Stunde vor dem Eintreffen des Ordnungsfaktors mulmig wurde, fing die Mutter schon gegen drei Uhr an, melancholisch zu werden. Später einmal beobachtete Holubek, wie eine Wasserschlange, erhobenen

Hauptes, lautlos, durch einen Bach voll quakender Frösche zog, dann bald das Quaken aufhörte, und gleich die völlige Stille hereinbrach. In solchen Momenten fing die Zeit an, die bisher ganz flach gewesen war wie ein Blatt Papier, auf das höchstens einmal ein paar Regentropfen gefallen waren, Dimensionen anzunehmen, solche der Tiefe und Dauer. Die Zeit nahm ihre Arbeit auf.

Am Sonntag war die Zeit besonders zäh. Weil das Oberhaupt den lieben langen Tag zuhause war, und damit alles Leben zum Stillstand gekommen (der Samstag Nachmittag war einigermaßen erträglich, weil das Oberhaupt mit allerhand Aufräum-und Bastelarbeiten beschäftigt war). Um Halbzehn ging der Vater, die Restfamilie hinter sich herziehend, in die Kirche. Halbzwei gab es noch eine Nachmittagsandacht, die ebenfalls strikt aufzusuchen war. Dem angeschlossenen Kaffe mit Kuchen (später, als er schon häufiger nachdachte, fragte Holubek sich, wie es seiner Mutter gelungen war, unter den herrschenden Verhältnissen dermaßen gute Kuchen zu backen) konnte man entkommen, weil der Papi nicht nur mit Mampfen beschäftigt war, sondern, gleichzeitig im Radio Sport und Volksmusik hörte.

Und so wunderst du dich nicht, lieber Leser, daß Holubek allmählich die Tage lästig wurden, das Haus eng, und das Leben, in der Perspektive gesehen, verdrießlich. Auch die Gefühle trübten sich ein. Doch lagen die Katastrophen noch in weiter Ferne.

Ein kleiner Rest von Kindertagen war noch vorhanden, deren Substanz ausreichte, die unmittelbar bevorstehenden Wochen und Monate zu überleben, und äußerlich ging das Leben sogar unverändert weiter. Noch konnte man, außerhalb der häuslichen, schulischen und kirchlichen Zeit, auf Streifzüge gehen oder sich harmlose Streiche ausdenken, im nahe gelegenen Moor auf einem flachen Boot durch das Schilf fahren und seltsame Tiere beobachten. Die großen Buben zeigten, wie man Rauchholz rauchte, oder demonstrierten, wie man rasch und ungestraft eine Fensterscheibe einwarf. Manchmal schaute Holubek dem Totengräber bei der Arbeit zu. Er las zu diesem Zweck das Gemeindeblatt, weil er wußte, daß der Totengräber am Nachmittag vor einer Beerdigung mit dem Ausheben der Grube begann. Öfters förderte er dabei Gegenstände aus der Vergangenheit des Dorfes an den Tag (auch Totenköpfe), und machte dazu grinsend Kommentare, die Holubek nicht verstand; auch dann nicht, wenn er um eine Erläuterung gebeten hatte.

Natürlich wurde im Kreise der Buben heftig darüber diskutiert, wo die Kinder herkamen. An diesen Forschungen waren auch Kinder beteiligt, die in anderen Teilen des Dorfes bei ihren Eltern einsaßen, und man gewöhnlich nur selten an den gewohnten Plätzen antraf. Eines Tages hatte sich, von überall her, wieder einmal ein tapferes Häuflein am südlichen Dorfausgang getroffen, um die Herkunftsfrage zu erörtern; und an diesem Tage war alles anders. Ein großer Junge kam dazu, und brachte die Lösung. Die Kinder kommen hinten raus, aus dem Hinterteil. Eigentlich war niemand überrascht. Man hätte es sich ja gleich denken können. Außerdem hatte die von dem großen Buben beschriebene Lösung den Vorteil, praktisch zu sein, einfach und plausibel. Man wußte jetzt, daß die Menschen geschissen wurden. Unklar blieb noch, warum nur die Frauen das konnten.

Hier verlor sich die Lösung des Rätsels schon wieder im Dunkeln. Frauen, die gehörten in die Welt der Erwachsenen, und mit denen hatte man im Grunde doch nichts zu tun, abgesehen von den Zeitpunkten, in denen man ausgeschimpft wurde, an den Haaren gezogen oder zu guten Noten in der Schule angehalten wurde. Die eigenen Mütter waren natürlich alle Frauen, doch das war nur insofern wichtig, als sie ab und zu schlechte Launen und dicke Bäuche hatten. Und wenn dann Babies herumschrieen, war das nichts weiter als lästige Konkurrenz in den ohnehin schon beengten Lebensverhältnissen. Interessanter waren gleichaltrige weiblichen Wesen, die noch weit davon entfernt waren, in die Welt der Erwachsenen zu gehören. Bei den Doktorspielen zeigten sie, daß sie untenherum etwas anders aussahen, und doch Pipi machen konnten. Problematisch mit den Mädchen wurde der Umgang erst dann, als sie damit anfingen, lange vor dem Spiegel zu sitzen, ausgiebig die Haare kämmten, und mit ihren besten Freundinnen lange Unterhaltungen über Angelegenheiten hatten, von denen die Buberl nie etwas erfuhren; und erste schlechte Launen hatten. Es vollzog sich ein Wandel an ihnen, den die Knaben nicht verstanden. Sie wuchsen nicht nur an Körpergegenden, wo die Buben nichts vorzuweisen hatten, sie bewegten sich plötzlich ganz anders, und es sah fast so aus, als seien sie aus einer Statue hervorgetreten, die der Kaplan Stella Maris nannte. Da kam niemand mehr mit, und die neu entstandenen Wesen entfernten sich immer weiter aus der lärmenden, völlig unwissenden Bubenwelt, und zogen einen Bannkreis um sich, den man nicht sehen konnte, allerdings mit Heftigkeit ahnen. Für die Knaben waren sie unzugänglich und unnahbar geworden, eine Art Fernsprechapparat. So ging das, und damit basta.

Die Lehrer, und sehr viel mehr noch die Eltern, wußten, wozu die Schule gut war; die Kinder wußten es nicht, aber doch so viel, daß das, was sie zu erlernen hatten (scolae, non vitae, numquam) im Grunde mit ihnen wenig, mit denen aber viel zu tun hatte, die ohnehin alles wußten, richtig machten, und verlangten, daß man immer saubere Hände hatte, und selber nur deshalb die Hände schrubbten, damit sie beim Ohrfeigen richtig, und hygienisch zulangen konnten. Holubek hatte von dieser Hygiene schon eine Hornhaut am Hinterkopf. Schlimmer als die Klopperei aber war, daß das Oberhaupt, wenn es am Tisch den Vorsitz führte, ständig auf seinen Mißratenen einredet, mit dem man, dem Oberhaupt, offenkundig nicht verwandt war, und auch sonst mit ihm nichts am Hut hatte, aber gezwungen war, neben ihm, zu seiner Rechten, mit eingezogenem Genick zu sitzen, und dabei sich aufrecht zu halten hatte, den Löffel in einer vorgeschriebenen Linie zum Munde zu führen, die Gabel im richtigen Winkel zu halten und das Messer, falls es gebraucht wurde, mit aufrechter Klinge über den Tellerboden zu führen, ohne daß dabei ein kratzendes Geräusch je hätte sich bemerkbar machen dürfen Mein Gott! Nur das nicht.

Da sah es, zunächst, wie Erlösung aus, daß Holubek es geschafft hatte, die Aufnahmeprüfung für die höhere Schule zu bestehen. Den Niederungen des Lebens war in der neuen Lebensphase auch nicht zu entkommen. Es fing damit an, daß Holubek, nach der Rückkehr des Familienhauptes, am Abend berichten wollte, er habe die Prüfung bestanden. Das Großhaupt brummelte, und fragte mit klarer, schneidender Stimme, ob die Treppe gefegt sei; etc. Immerhin konnte Holubek nun viele Stunden außerhalb der Hausgrenzen verbringen, und sich den Neuigkeiten zuwenden, die von den höheren Lehrwesen aufgetischt wurden. So lernte Holubek Fetzen von Welten kennen, die im Haupte des Oberhauptes nicht vorkamen, und um die selbiges sich nicht scherte. Holubek kam allmählich auf den Geschmack. Es gab Dinge auf der Welt, an denen niemand herummeckern konnte, die keinem Waschzwang unterworfen waren; und nicht gerade sitzen mußten. Gut, es mußte gepaukt und gebüffelt werden, aber die Plackerei hatte auch den Vorteil, daß man sich den häuslichen Arbeiten entziehen, und seine Energie in die Schulaufgaben werfen konnte. Latein war eine üble Schinderei, doch zum erstenmal taten sich historische Horizonte auf, und selbst Deutsch stellte sich als eine Sprache heraus, die mit der häuslichen nur entfernte Ähnlichkeit hatte. Die Zahlen allerdings waren nicht Holubeks Welt. Die hatte der Vater in Beschlag genommen; und worauf dieser einmal saß, das gab er nie mehr wieder heraus. Und wer will schon was haben, das nach Hintern riecht.

Holubek wälzte erste Auswanderungspläne. Aus dem Lernstoff machte er Extrakte, die einer Orientierung hätten nützlich sein können. Ein Mitschüler allerdings, der aus einem erpresserischen Internat gekommen war, warnte vor übereilten Fluchten, etwa über jene nicht allzu weit entfernte Rheinbrücke, um in Straßburg bei der Fremdenlegion unterzuschlüpfen. Man wurde sofort nach Algerien geschickt, und wenn man dort hinter der Kampflinie schlief, kamen die Rebellen, schnitten erst den Gewehrriemen ab, dann den Hals durch. Der Weg ins Kloster, der von manchen schon in Erwägung gezogen worden war, taugte auch nichts, weil es dort schlechtes Essen gab. Zuhause schmeckte es auch nicht, aber das lag nicht an den Mahlzeiten, welche durch die Mütter unter Seufzen bereitet wurden. Was blieb noch übrig. Nicht viel. Die Fernsprechapparate ließen die Röcke und die Haare wehen, rückten aber in immer weitere Fernen, und kein Junge wußte, ob es dafür auch eine Geographie gab. Träume von Gegenden, die auf der Weltkarte verzeichnet waren, erwiesen sich als süß, halfen aber in der Praxis rein gar nichts. Inzwischen versuchte Holubek, mittels der Brocken, die den Schülern vorgeworfen wurden, sich immer weiter von seinem Vorgesetzten zu entfernen, und sich dabei unsichtbar zu machen. Das hatte seinen Grund. Der vorgesetzte Familienernährer hatte sich etwas Neues einfallen lassen. Er warf nicht mehr mit Tadel um sich, sondern gab seinem Mißgebildeten gleich eine Ohrfeige, und sagte: So! Du weißt schon, warum du das verdient hast.

Das konnte nicht gut gehen, und auch nicht weiter. Holubek rückte zum erstenmal die Verzweiflung auf den Leib. Und Holubek tat, was andere Unglücksraben und Mißratungen auch getan hatten. Erste Bücher wurden heftig gelesen, viel Schund, und Erbauliches aus der Pfarrbibliothek, aber dann kamen schon „Die Sagen des klassischen Altertums". Das war schon ein anderes Kaliber. Die Perspektiven erweiterten sich; und der Bücherschrank der

Mutter wurde interessant. Und nachts, wenn die Eltern schliefen (der Ernährer schloß das Familienleben bereits um zehn Uhr ab), schlich sich Holubek ans Radio, und hörte ausländische Sender. Frankreich war nicht weit. Jetzt tauchten neue und wahrhaftige Wunder auf, Brassens und die Greco. Andere Erweiterungen fanden statt, da und dort ein rätselhaftes Nachtprogramm, aus Paris die Jazzsendung von Thénot und Filipacchi. Neben den griechischen zogen schwarze Helden bei Holubek ein, Jelly Roll Morton und Lester Young, Thelonious Monk, Parker und Bud Powell. Das Englisch und Französisch, das man auf der Schulbank erlernt hatte, erwies sich jetzt als nützlich, wenn auch die Lehrer selber diese fremden Sprachen gräßlich durch ihren heimischen Dialekt entstellten.

Der wesentliche Punkt blieb. Das Dumme war, Holubek mußte neben seinem Vater am Tisch sitzen, rechts neben ihm, auf der Eckbank (später sagte er in den Kneipen der Großstadt, wo die Avantgarde sich versammelte, das erste, was man in einer Revolution tun müsse, sei die Abschaffung der Eckbank). Es gab kein Ausweichens, und wenn es dem Tischvorstand gefiel, gab er seinem Mißratling einen Klaps aufs Ohr, und schaute ihn bedeutend an.

Dann kam, so schien es, die Erlösung. Holubek wurde zum Studieren geschickt. Etwas Gescheites, Chemie oder Theologie, oder am besten beides zusammen, in eins. Holubek war es, zu seinem Erstaunen, gelungen, einen weit entfernten Studienplatz zu ergattern, in der Großen Stadt des Südens. Die chemische Theologie war nichts für ihn. Er warf sich in die Philosophie jeder Art, von Plotin bis Schelling, und diskutierte heftig und innig in der Mensa, nach dem Mensafraß. Er dachte auch praktisch, und büffelte in den Proseminaren der Anglisten und Romanisten. Das kotzte ihn bald an, doch sah er den Vorteil, daß er nun auch Bücher in fremden Sprachen lesen konnte, und auch ein wenig verstehen, was Brassens, die Greco und Charles Trenet sangen.

Allerdings, und wen wird es überraschen, half das auch nicht viel weiter. Schöne Lieder brachten das schöne Leben nicht herbei. Und mit den schönen Gefühlen war das so eine Sache. Denn diese hatten etwas mit dem schönen Geschlecht zu tun. Dieses war grundsätzlich dadurch definiert, um es in der Sprache der Wissenschaft zu sagen, daß es über eine unfaßbare Doppelnatur verfügte. Es war da, gewaltig anziehend, und gleichzeitig in unfaßbarer Ferne, so, als wäre es, materiell oder biologisch gesehen, überhaupt nicht vorhanden. Die gesamte Logik eines hoffnungslosen jungen Mannes vermochte diese Doppelnatur nicht annähernd (Ironie des Wortes) zu fassen. Holubek dachte lange darüber nach, ob er an Substanzmangel oder einem Gendefekt leide. Er suchte nach Lösungen, und kam auf zwei, die sich gleichermaßen als im wahren Leben untauglich erwiesen. Wenn ich weit genug fliehe, wird die Attraktion nachlassen müssen. Wenn ich entschieden so tue, als würden mich die unfaßbaren Fräuleins nichts angehen, dann kann mir das Problem auch nichts anhaben. Mit Hilfe des nun blühenden Existentialismus ließ sich das auch philosophisch begründen. Es gab noch viele andere denkerische Angebote, diese Macht der wehenden Röcke zu neutralisieren, aber da der Existentialismus aus Paris kam, hatte dieser den Vorzug. Überhaupt, dachte Holubek, in Frankreich würde Gott noch vorkommen.

Und dann–ach du schöne Bescherung–kam, wie der Fels auf den Sisyphos, auf Holubek eine Lebenslawine zu, mit der er überhaupt nichts anzufangen wußte, und die ihn bald, mir nichts dir nichts, und ohne jede weiteren Fisimatenten, unter sich begrub. Es geschah auf unerhörte Weise. Holubek entdeckte eines Tages (die schon wieder, diese Tage), daß diese unfaßbaren Wesen, himmlische Erscheinungen, die von lauter Zephyren umgeben waren, mitten in ihnen schwebten, und unaufhörlich das Glück selber ausstrahlten, von dem auch der Geringste unter den Menschen hoffen durfte (auf die demnächst in Mode kommende Philosophie der Hofferei fiel Holubek dann nicht mehr herein), sein Quentchen abzubekommen, auch gelegentlich dazu neigten, sich mit törichten jungen Männern nicht gerade einzulassen, aber doch immerhin darauf, mal einen Kaffee am selben Tisch mit ihnen zu trinken, einen Spaziergang auf dem selben Weg im Stadtpark zu machen, gleichzeitig, nebeneinander, oder so weit gingen, einem Besuch im Kino zuzustimmen, oder auch einem Theaterbesuch, mit anschließender Ablieferung zuhause, vertreten durch das Studentenheim, oder eine private Unterkunft, wobei das Haus-oder Gartentor die unüberschreitbare Grenze bildete. Selbst ein Taugenichts und Mißratling wie Holubek verfügte über genug Ausdauer, um die Verwandlung von jungen Mädchen in junge Damen in seinem Wahrnehmungssystem versuchsweise unterzubringen. Natürlich, lieber Leser, handelt es sich hier um Vorgänge aus weit entlegenen, ganz fernen Zeiten, die heute überhaupt keine Rolle mehr spielen. Wir sind inzwischen weiter gekommen; und autonom geworden. Und viele schöne Dinge mehr. Das weiß doch jeder, der es nicht genau wissen will..

Nun kommt erst das dicke Ende (um in der alten Geschichte fortzufahren), die Überraschung, daß die himmlischen Wesen eine Art Danaergeschenk mit sich führten, das ein Dämlack wie Holubek nicht zu würdigen wußte. Wenn auf Spaziergängen am Ufer des hauptstädtischen Flusses oder in den Weiten des großen Parkes, es einmal so weit gekommen war, daß Helga oder Olga ihr Herz öffneten (nicht was du denkst, du Schmutzfink, den obersten Knopf der Bluse oder sonstwas), dann erfuhr Holubek nicht nur nichts über ihr ganzes Leben, sondern auch, ohne Umschweife, daß sie gewisse Probleme hätten, mit dem früheren Freund, der Familie, den Onkel und Tanten, den Geschwistern, den Anforderungen des Studierens; und daß eben Holubek irgendwie an dem Schlamassel schuld sei. Seine erste Reaktion war: ja warum auch nicht, wie könnte es denn anders sein: ich mache ja doch alles falsch.

Holubek war zwischen zwei Mühlsteine geraten. Der Familienvorsitzer, im weit entfernten Eigenheim, verlangte, daß er etwas Gescheites studiere, und es zu etwas bringe. Die Herzenseröffnerinnen machten ihm, mit Augenaufschlag und nachfolgendem Blick in die Ferne, klar, daß er dieses Organ nur geschenkt bekomme, wenn er würde sich dazu herbeifinden (oh, dann komme ich ihr nahe, dachte Holubek), das Schlamasselpäckchen von Ulrike und Franziska (von Ulie und Fränzi) diesen vom süßen Herzen zu nehmen, damit ihnen die Last von demselben falle. Die Folge war, daß Holubek nun einen Stein mehr wälzte, und Papi oben am Berg stand, und auf der Stelle verlangte, Holubek müsse das ganze Geröll, das sich am Fuße des Berges angesammelt hatte, mit einem Male nach oben schaffen. Unter diesem Umstand blieb Holubek nicht nur die Luft weg, sondern auch die ganze abendländische Metaphysik; die Religion hatte schon seit geraumer Zeit angefangen, zu zerbröseln. Es kam, wie es kommen mußte. Holubek landete nicht oben, wo Papi stand, sondern in einem schwarzen Loch, das weit entfernt vom Berg der Steinschieberei lag, von Holubek aber instinktsicher, immer, und ohne daß er dazu hätte eingeladen werden müssen, gefunden wurde (es ist nicht das Loch an das du denkst, du Schwein). Dort blieb er lange Zeit liegen, und wäre dort auch langsam, ohne daß wer davon was gemerkt hätte, eingegangen, nicht in die elysischen Gefilde, sondern in jenen Ort, an dem das gescheite Leben vorherrscht; wo man etwas Vernünftiges tut, und gleich für alles angeschnauzt wird, was nicht bei strammer Haltung und im Stehen ausgeführt wird, unter Jodeln, ja, wenn nicht ein Wunder geschehen wäre.

Seit kurzem hatte es in der Mensa, abends in den Kneipen, angefangen, zu rumoren. Neues war in das Leben der Studierenden der Wissenschaft und des Lebens eingetreten. Man ahnt es schon, es war das kritische Bewußtsein, und dieses hatte ganz umwerfende Pläne im Schlepptau, Perspektiven von Veränderung und Befreiung; in der ersten, zweiten und dritten Welt. An zuhause dachte man insofern, als die Professoren Muff unter den Talaren hatten.

Holubek war sofort Feuer und Flamme. Er warf den Existentialismus weit von sich, und entdeckte dafür den front populaire. Dann wurde er umgehend Trotzkist, und wenig später Maoist. Er studierte die Geschichte der kommunistischen Partei Chinas; und im hintersten Untergrund seines Denkens, in einer Nebenhöhle seines Unbewußten, ohne daß er davon gewußt hätte, klar, was sonst, trieb sich die Aussicht herum, die neu gewonnenen Freunde, die er kaum Genossen zu nennen wagte, die überall auf der Welt für ihre Befreiung kämpften, würden dafür sorgen, daß dem Oberhaupt des Familienlebens die Beine unter dem Tisch weggeschlagen, das Genick gebrochen und das gesamte Lebenslicht ausgeblasen werde. In einem Aufwasch, damit er, Holubek, wieder frische Luft atmen konnte, Luft überhaupt, und grundsätzlich, ohne die tägliche, ja manchmal stündliche und auch minütliche Angst, den elenden, übelriechenden Erstickungstod sterben zu müssen.

Der Engel der Geschichte hatte, nun ja, für Holubek etwas anderes vorgesehen. Es kam, wie es kommen mußte. Die unerledigte Vergangenheit kennt kein Erbarmen. Holubek lernte ein nettes Mädchen kennen, ein Fräulein aus der Provinz, das schon etwas in der Welt herumgekommen war, eine Aura von Weltläufigkeit um sich verbreitete, kurzum, ein mondänes Auftreten hatte. Sie war nicht studentisch gekleidet, eher elegant, und hatte seltsamerweise ein starkes Interesse am Wortführer der maoistischen Gruppe, die gerade Mehrheitsfraktion der studentischen Bewegung dieser Stadt geworden war. Holubek schwebte sofort im siebenten Himmel, politisch und gefühlsmäßig.

Durch ein wenig Sex, der weniger elegant als sauer war, kamen sie sich näher, die beiden Süßen. Nach einem halben Jahr machte er, unser Held, einen Heiratsantrag. Der Vorsitzende Mao hatte ihm nicht geholfen, die dritte Welt ihn im Stich gelassen. Und dann folgte, hoppla & hoppla, der übliche, weitere Lebenslauf; unterm Familiendach. Von Mao war bald nichts mehr zu sehen und zu hören. Das Hinterfragen neuer Vorhänge erschöpfte sich in der gebührenden Zeit. Und was soll man erst noch zu den eintrudelnden Kindern sagen?

XV.

Spitzwegerich

An einem jener Tage, die der Verwesung Vorschub leisten, schrieb Negruzzi, ein dahergelaufenes Subjekt, einen Satz auf einen Zettel, legte ihn in ein Buch, das aufgeschlagen mitten auf dem Schreibtisch lag, klappte es zu, steckte es in die Jackentasche, und ging ein Bier trinken.

Das war in einem Biergarten, unter einer blühenden Kastanie, bei erträglichem Wetter. Von Verwesung war hier nichts zu sehen. Diese tat ihre Arbeit klammheimlich, in jenen Mitlebenden, die am Radio Schlager hörten, in die Maiandacht gingen, und ihren Pflichten nach, und dabei hoffensfroh in die Zukunft blickten.

Negruzzi hatte nicht die Absicht, den Lauf der Dinge zu stören. Er saß an einem von Wind und Regen bearbeiteten Tisch, hatte sein Hefeweizen vor sich, und las in dem Buch, das er mitgebracht hatte. Er öffnete es dort, wo er den Zettel mit dem aufgeschriebenen Satz zur Erinnerung eingelegt hatte. (Das Buch war vermutlich der Lucien Leuwen) Er las eine Weile darin, trank sein Bier dabei, und ging nach etwa einer halben Stunde wieder aus dem Garten hinaus. Den Zettel hatte er auf dem Tisch vergessen. Das war nicht klug.

Die Kellnerin, die mit der örtlichen Intelligenzija vertraut war, händigte bei nächster Gelegenheit den Zettel einem Mitglied derselben aus, und es erhob sich eine heftige Diskussion unter den Kritikern, Analytikern und Homiletikern des aufgeweckten Ortsvereins, denn der Satz lautete: „Der Dichter ist ein böses Kind."

Sie sagten, der Satz sei uneingeschränkt falsch, und begründeten ihr Urteil. Ein solches Kind, sagten sie, ist krank, hält den Mund, und äußert sich auch sonst auf keine Weise.

Negruzzi kam die Ansicht dieser Leute zu Ohren, und er trank kein Bier mehr mit ihnen. Um von ihnen nicht belästigt zu werden, wechselte er vorübergehend sein Aussehen und seine Tätigkeit. Er trat als Stehgeiger auf, und konnte sich auf diese Weise auch in den Stammlokalen der Kritiker, Analytiker und Homiletiker herumtreiben. Sie redeten sich immer noch die Köpfe heiß. Nur adäquate Erwachsene, sagten sie, haben das Recht und die Fähigkeit, sich adäquat zu äußern. Negruzzi schaute diesen Männern gerne bei ihren Erkenntnissen zu. Je öfter er sie sah, um so schlechter sahen sie aus, die Gesichter aschfahl und zerfallen, die Augen trübe. Bald waren sie grünlich angelaufen, zu einem Häufchen Elend herabgesunken. Und schließlich röchelten sie nur noch.

Eines schönen Abends machte Negruzzi wieder seine Runde. In jedem Lokal bot sich ihm das nämliche Schauspiel. Das Häufchen Elend, das von Kritikern, Analytikern, Homiletikern übrig geblieben war, wurde vom städtischen Sanitätsdienst hinausgetragen.

Die anderen Kneipenbesuchern nahmen von dem Vorgang keinerlei Notiz, in den Feuilletons erschienen winzige Randbemerkungen, und das Leben nahm seinen üblichen Verlauf, denn für alles gibt es eine Lösung. Die Kinder wurden Kindersoldaten, die Männer bestellten ihre Babies online, und die Frauen stolzierten mit erhobenem Gesicht und kostbaren »handbags« umher, Krokodil oder Serpente. Indessen aber wechselte Negruzzi mehrmals seine Verkleidungen; ging umher und schrieb alles auf, was allen entging.

Nachts träumte er manchmal, die Welt sei gescheitert, und als er erwachte, und den Traum noch am Schlaffitchen hatte, sagte er lächelnd: „Gewiß nicht an mir. Aber geholfen hat ihr das auch nicht viel. Sie macht ja ohnehin, was sie will.‟

XVI.

Ein Liebhaber der Mechanik

Eines Tages (geschieht nicht alles durch die Liebe Gottes) ging ein junger Mann um die Dreißig (historisch gesehen lag dieser Geburtstag noch um ein weniges vor ihm, ein paar Tage) über den Blumenmarkt der Großen Stadt des Südens. Es war ihm, schon als er in die Wiege gelegt worden war, nicht gegeben, sich unter Menschen oder in ihren Beziehungen aufzuhalten, hingegen liebte er es, unter den Leuten umherzugehen, an die Schlacht von Salamis zu denken, und zuzusehen, wie niemand sah, was er so alles tat; und nicht freiwillig fremder Arbeit nachging.

Nach einer Weile kaufte er einen Strauß schönster Blumen, die auf dem Markt nur zu haben waren, und legte ihn in die Beuge seines linken Armes, fast so, als wär´s ein frisches Kind. So ausgestattet, begab er sich zu einem nahegelegenen Park, der klein war und ruhig gelegen mitten in der Stadt, von blühenden Bäumen gesäumt. Dem Eingang gegenüber stand unter einem Holunderbusch eine Bank. Auf diese setzte sich der junge Mann von fast dreißig Jahren. In der Mitte des Platzes lag, durch helle und dunkle Steinplatten markiert, die in den Sand gelegt worden waren, ein Schachbrett von ca. 9 x 9 m. Darauf standen große Schachfiguren aus Holz, die von zwei alten Männern bewegt wurden. Sie waren äußerst konzentriert und tief versunken in ihre Spielzüge. Es war ein Bild des Friedens.

Nachdem er sich auf die Bank gesetzt hatte, sagte zu sich der junge Mann (niemand wird alt, wenn er bereits vor der Zeugung versiebt worden ist), hier werde ich für einige Momente verweilen, und so lange warten, bis eine unglaubliche Schönheit, Carmen oder Conchita, vorbeikommt, sich ebenfalls auf die Bank setzten wird; und nach einem verschämten Zögern mir zulächeln. Lange kann das nicht dauern, bei den herrschenden Verhältnissen.

Und so geschah es denn. Keine fünf Minuten waren vergangen, und schon kam eine exotische Schönheit in den Park herein, auf sehr hohen Schuhen mit dicken Korksohlen. Sie war als solche nicht sogleich zu erkennen, denn sie trug ein Chanel-Kostüm von einer Art, die längst aus der Mode war, und dazu ganz unpassend ein Kopftuch mit großem Blumenmuster (Pfingstrosen). Der junge Mann lächelte, sie schaute kurz durch ihn hindurch, und setze sich wirklich auf die Bank, ans andere Ende. Das war kein Problem für ihn. Er setzte sofort eine flotte Konversation in Gang, über die Distanz hinweg, die ja so groß und schwerwiegend nicht war. Sie antwortete spärlich, aber durchaus zuvorkommend, und bald war es an dem jungen Mann, zu sagen, was er so im Leben machte; und was nicht. Wer er sei, und das ganze Trallala. Er sei, gab er bereitwillig Auskunft, vor kurzem noch ein Bildhauer gewesen, ein gewisser Bryaxis, eben jener, der den Kopf des Sarapin von Alexandria gemacht habe. Wie interessant, hauchte Carmen Conchita, die aus der Nähe wie Helga Ulrike aussah, und der junge Mann, der weder wie Sinatra noch wie Kennedy aussah, ergänzte, in vorauseilender Höflichkeit, jetzt, in diesem Moment, sei er bloß ein Liebhaber von Filmen, ein Kinogänger. Und nichts weiter, wollte Helga Carmen wissen, und wann er seinen letzten Film gesehen habe.

„Gerade eben, gerade heute, in der Sonntagvormittag-vorstellung", antwortete der junge Mann (vorsichtshalber nicht: um elf Uhr im Theatiner).- „Und was war das für ein Film. Es würde mich doch zu sehr interessieren." Sie beugte sich ein wenig nach vorne, und der junge Mann, der inzwischen Kennedy nicht ähnlich geworden war, und auch keine Anstalten machte, wie Sinatra auszusehen, oder wie Rudi Schurike, antwortete in aller Freundlichkeit. „Es handelt sich um einen amerikanischen Film. Pick Up on South Street."- "Und worum geht es dabei?", wollte Conchita Ulrike wissen.- „Oh", sagte der junge Mann, „das ist ganz einfach. Es geht um die Geschichte eines Taschendiebes...würden sie das bitte nehmen?" Er legte ihr, die sich inzwischen wieder in ihre alte Haltung aufgerichtet hatte, den Blumenstrauß, den er selber die ganze Zeit auf seinen Knien gehalten hatte, in die Armbeuge rechts. Er saß rechts von ihr, und sagte: „Nun kann ich Ihnen den ganzen Film viel besser erzählen. Das kann ihnen doch nur recht sein, wie ich sehe."

Und so begann der junge Mann von fast dreißig Jahren, gestenreich darzustellen, wie Richard Widmark, Skip, in der Subway eigentlich nur eine Geldbörse stehlen will, aber damit ein ganzes Drama in Bewegung setzt, dessen Mittelpunkt der erbarmungswürdige Tod der Krawattenverkäuferin Mo ist. Er schilderte diese Szene mit größter Anteilnahme. Conchita Carmen runzelte, wenn das bei einem so schönen Gesicht überhaupt möglich ist, die Stirn. Dann sagte sie, ohne zu zögern: „Nun ja. Ich glaube, daß das ein schlechter Film ist. Viel, viel zu melodramatisch." Der junge Mann antwortete darauf: „Ah, so sehen sie es also", und fügte noch die Szene hinzu, die ebenfalls herzerreißend ist, wie der Sarg mit Mo´s Leiche gerade noch vor der Versenkung in einem anonymen Grab gerettet wird. „Ja kann man denn überhaupt einen Sarg retten", wollte Erna Gisela wissen. „So was gibt´s doch überhaupt nicht!"- „Oh doch", antwortete der junge Mann, „man kann auch tote Hunde und vergiftete Papageien retten."- „Ja meinen Sie das denn wirklich ernst?"- „Durchaus", gab der junge Mann zur Antwort, zog aus der Jackentasche eine kleine, flache Pistole (Baby Browning), und schoß durch den Blumenstrauß mitten ins Herz der Schönen.

Er wußte sehr genau, wo dieses Herz saß. Indessen hatten die beiden alten Männer, während sie weiter an ihrem Schachspiel arbeiteten, die Szene beobachtet, und der eine von ihnen fragte nun den jungen Mann: „Warum haben Sie das getan?" Die Antwort lautete: „Ach, wissen Sie, meine Herren, das ist ganz einfach: »C´est l´horreur du domicile«. Der andere alte Mann lachte verschmitzt, und sagte: „Den Satz habe ich schon lange nicht mehr gehört", rückte den Springer auf eine Position, die das Schach-Bieten vorbereiten sollte, und ergänzte, abschließend: „So etwas hat es zu meiner Zeit noch nicht gegeben". Der andere alte Mann stimmte zu, und sagte ruhig: „Zu meiner auch nicht."

XVII.

Der Demonstrant

Eines Tages (man mache sich keine Illusionen, bei uns gibt es nur schöne Tage) begab sich ein junger Mann (kein Kommentar) in seiner Kleinstadt auf den Platz vor dem prächtigen Rathaus aus gotischer Zeit, zu dem eine schmuckvolle Treppe hinaufführte, zum Haupteingang. Er trug ein Plakat mit sich (ca. 110 x 180), das an einer Holzlatte befestigt war, und hielt es hoch über die Köpfe der Menge, die mit Einkaufen beschäftigt war.

Vor der großen Treppe wurden, auf der einen Seite, Paradiesäpfel verkauft, die von der Lebensmittelindustrie hervorgebracht worden waren, auf der anderen Seite diverse Haushaltsmittel, die von der Waffenindustrie stammten. Beide Unternehmen gehörten der FPV, dem Fatima-Pilger-Verein (wer kennt ihn nicht). Nun hätte man gut und gerne annehmen können, daß der junge Mann mit seinem Plakat gegen derartige Zustände protestierte. Allein, auf dem großen Plakat waren weder Parolen noch Bilder, noch andere Zeichen des Protestes zu sehen. Die gesamte Fläche des Pappkartons 110 x 180 war weiß, und nicht einmal ein Muckenschiß war darauf zu sehen.

Unser junger Mann war ein unschuldiger Demonstrant. Dennoch wurde er von den Marktfrauen einerseits, von den Marktmännern andererseits mit finsterem Blicke angeschaut, und mit abweisenden Parolen bedacht, er solle z. B. wieder dahin zurückgehen, wo er herkomme

So konnte es nicht lange dauern, bis die Büttel aus dem Rathaus kamen, herumbrüllten, sich aufbliesen und unseren jungen Mann gefänglich abführten. Sogleich wurde er vor den Bürgermeister gebracht, und vor dem riesigen Schreibtisch desselben (noch größer als der Hinkels) auf einen Stuhl gesetzt, und angehalten, sich auf diesem mit aufrechtem Oberkörper ruhig zu verhalten. Das leere Plakat wurde als Beweismittel auf den Schreibtisch des Bürgermeisters gelegt; Platz genug war ja da.

Alsbald betrat der Bürgermeister seinen Amtsplatz. Er war ein gemütlicher kleiner Mann mit Bäuchlein und Schnapsaugen. „Was machst du nur für einen Unfug", sagte er zu dem jungen Mann. „Es gehört sich, wenn man demonstrieren will, geradeaus zu sagen, was man will und was man nicht will. Du aber bleibst höflich, und hältst uns ein wortloses Plakat vor die Nase. Wenn du glaubst, du kommst damit durch, hast du dich ganz schön geschnitten. Bei uns geht es anständig zu, und jeder sagt, was ihn entzückt, und was ihm stinkt. Also, raus mit der Sprache!"

„Ich kann", sagte der junge Mann, „wenn ich gegen Zustände und Umstände protestieren will, nur in fremden Zungen reden, nicht in der Landessprache." Da war der Bürgermeister ganz durcheinandergekommen. Voller Groll redete er auf den jungen Mann ein. „Aha! Ich habe verstanden. Ich weiß, was du willst, wenn auf deinem Protestplakat nichts steht, und du nicht in unserer Landes-Sprache reden kannst: oder vielmehr willst, du Schlingel, ich lasse mich von dir nicht täuschen. Du kannst ruhig die Schnauze halten und dein Plakat wieder einrollen. Denn ich habe sogleich, als dich erblickte, kapiert, was du willst. Du bist schlicht und einfach gegen alles, was es bei uns gibt, und bei uns gibt es lauter schöne Sachen, und du könntest es gut haben, wenn du nur wolltest, alle Vorteile genießen, die das Leben in diesem unserem Städtchen mit sich bringt."

Unser junger Mann machte zu den Ausführungen des Bürgermeisters keinen weiteren Kommentar, als den, höflich zu lächeln, und die weitere Rede des Ortsvorstehers abzuwarten. Diese folgte auf dem Fuße, den der besagte Bürgermeister unter seinem Schreibtisch baumeln ließ, denn der Sessel, auf dem er saß, war für den etwas kurz geratenen Mann zu hoch.

„Dabei", holte der Bürgermeister aus, „ist das Leben bei uns nicht nur schön, sondern einfach und überschaubar. Du brauchst dir nur ein Beispiel an den anderen Bewohnern des Ortes zu nehmen." Der junge Mann bemerkte dazu, er kenne alle diese Beispiele, und wisse nur zu gut, was zu tun sei. „Na bitte", sagte erfreut der Bürgermeister, „dann weißt du auch endlich, wo´s lang geht. Oder! Du wirst zwangsverheiratet, zu lebenslangem Aufenthalt unter freien Menschen verdonnert, und gehst von morgens bis abends ins Büro, um andere Menschen zu ernähren, alles liebe Leute. Und obendrein kannst du noch die Partei wählen, die dir gefällt. Willst du das endlich kapieren?"

„Das", sagte unser junger Mann, „das sind ja schöne Aussichten. Ich werd´s mir überlegen." Sprach´s, ging nachhause, und schickte ein Telegramm an den Ché; das ohne Antwort blieb.

XVIII.

Hic Rhodos

An jenem Abend stand Holubek am Strand eines Eilandes, das schon von den Eingeborenen aufgegeben worden war, in Mikronesien, im Karolinen-Archipel, unweit der Insel Palau. Holubek überlegte, ob er zu Fuß über das Wasser gehen, oder ein Boot nehmen sollte, um nach Europa, an seine Ursprungsorte, weiß der Teufel, warum, zu gelangen.

Eine Seejungfer tauchte aus den rauschenden Wellen auf, und sprach zu Holubek: „Wenn du dich aufs Wasser wagst, wird es dich einlullen und hinunterziehen, auf den Grund, du weißt schon, des Todes. Wirst du ein Boot nehmen, kommen die schlimmsten Winde, und sie verschlingen dich."- „Und wenn mir das nicht gefällt", fragte Holubek die Nixe. „Dann wirst du zwischen den beiden Möglichkeiten zwar nicht wählen können, aber inmitten derselben untergehen, denn du hast keine Alternative. Alternativen, die gibt's nur im Märchen, und Untergehen, zu Wasser oder zu Lande, das ist schließlich auch nicht viel schlimmer, als auf den Markt zu gehen, einen Apfel zu kaufen, um beim ersten Biß festzustellen, daß der Wurm drin ist."

„Du kannst mich mal", hielt Holubek, in die Ferne blickend, der Meerjungfer entgegen. „Ich werde aus Höflichkeit nicht sagen, was für eine Person du bist, aber deinen Vorschlag dennoch nicht annehmen. Und tschüß, mein Häschen, es gibt Möglichkeiten, von denen dein blondes Haar noch nie geträumt hat."

Wütend versank die Nixe in ihrem Meer, indessen Holubek den Anker lichtete, an welchen das Eiland gebunden war, hißte die Segel, die er vor dem Anblick der Nixe verborgen hatte, und stach in See, Richtung Westen, und hielt Kurs auf Mindanao, das, von hier aus gesehen, ziemlich weit im Osten liegt. Einen Kompaß führte Holubek stets bei sich, und mit sich, ohne daß je jemand davon gewußt hätte. Auch in den Lupanaren der entferntesten Hafenstädte ließ er ihn sich nicht stibitzen.

In Mindanao nahm er Proviant auf, und begann die lange Reise. Sie führte ihn zwischen Borneo und Celebes hindurch zur Straße von Malacca, zu den Andamanen und der Malabar-Küste, und durch den Suez-Kanal endlich ins Mittelmeer. Dann ging es an Kreta und Sizilien vorbei in Richtung Marseille. Und als er die Küstenlinie von St. Raphaël sah, wurde ihm sentimental zumute, denn es fiel ihm eben ein alter Schlager ein: „Nuits de Chine, nuits câlines, nuits d´amour".

Jedoch, welchen Sinn machten solche Worte, nach einer derart langen Reise.

XIX.

Gespräch

Als die Schlange dem Kaninchen begegnete, sagte sie zu dem Kleintier: „Was willst du denn hier, du blödes Karnickel. Weißt du denn nicht, daß ich dich hinunterschlingen werde!"- „Du wirst es nicht wagen", höhnte das Kaninchen.- „Was kümmert mich deine Überheblichkeit. Wenn ich eine schlechte Laune habe, vergeht mir auch schon mal der Appetit. Aber mache dir keine Hoffnungen."

„Wie liebenswürdig", sagte das Kaninchen. Ich habe wirklich überhaupt nicht vor, in deinem Leib zu landen. Ich kann mir für mein Leben etwas Besseres vorstellen."- „Hast du etwa vor, dich selbständig zu machen, oder auszuwandern, oder ein neues Land zu gründen? Komische Vorstellung", sagte die Schlange.– „Mehr als das, du Zischziege. Ich habe vor, noch lange zu leben."- „Wie das. Ohne meine Erlaubnis! Daß ich nicht lache."- „Lache du nur", sagte das Kaninchen. „Du bist erledigt. Hinter mir stehen die Rächer der Enterbten, die Wildkarnickel, die Schlangenfresser. Du kennst doch die Mungos." - „Bitte sehr", sprach hoheitsvoll die Schlange, „macht doch, was ihr wollt. Ihr werdet schon sehen. Ich bin nicht nur groß und allmächtig, ich bin auch giftig. Gegen mich ist kein Kraut gewachsen."- „Ein Kraut vielleicht nicht. Mag sein. Ein Gift auch nicht, keine Granate, und kein Glaube an die Hoffnung."- „Ja was denn", wollte die Schlange wissen. „Nicht viel. Nur eine Kleinigkeit."- „Und das wäre!"- „Du wirst es nie erfahren", antwortete das Kaninchen. „Aber ich werde dir gerne, da wir im Gespräch sind, mitteilen, was es ist."- „Raus mit der Sprache!"- „Es ist nur ein kleiner Satz", sagte das Kaninchen."- „Sag´ ihn. Sag´s"- „Tschüß. Wir brauchen dich nicht." Die Schlange blähte sich auf, und zerplatzte. Das Kaninchen ging auf Bildungsreise.

XX.

Oh Himmel tauet.

Eines Tages beschloß Gottvater, wieder mal einen Sommerschlußverkauf zu veranstalten. Aus aller Damen Länder ließ er seine Waren kommen, und in den Kaufhäusern auf den Krabbeltischen haufenweise verteilen. Um neun Uhr am Montagmorgen wurden die Tore geöffnet, und die goldenen Horden strömten herein. In abgelatschten Haushaltsschlappen, in Hauskitteln, und mit eisernen Lockenwicklern auf dem Kopf, die sie auf Geheiß des Weihbischofs trugen, damit sie ihre Gedanken frei hätten für die Geheimnisse der Unbefleckten Empfängnis.

Die goldenen Horden erstürmten die Warenberge, und brachten viele Erfolge nachhause. Für die Kinder fiel nicht viel ab, das war schon mal klar. Die Hausmänner wurden übergangen. Was brauchten die noch, wenn sie ihre Zeitung gelesen, und dann zum Fußball und Stammtisch gegangen waren, ganz zur Zufriedenheit des Herrn im Himmel, der sich, seit unübersichtlichen Zeiten, für Gottvater hielt; wenn nicht gar mehr.

Der Teufel erschien im Himmel, und sprach zu ihm: „Merkst du denn nicht, daß dein Streben in der Scheiße endet, während die Amseln und Meisen das Revier verlassen?"- „Na klar", sagte der, der sich für etwas hielt. Und sagte noch: „Aber wußtest du denn nicht , daß ich angestellt wurde, um alles durcheinander zu bringen!"-

„Mist", sagte der Teufel, und begab sich auf Ewige Wanderschaft.

XXI.

Last Picture Show

Eines Tages (na bitte, da sind sie wieder, die schönen Tage von Aranjuez) ging Holubek in eine Bäckerei, und sagte: „Bitte, drei Schrippen." Die Verkäuferin blickte ihn höhnisch an. Umgehend antwortete sie: „Drei Schrippen, du spinnst wohl." Holubek ließ sich von der Attacke nicht umwerfen, und sagte: „Für jede Schrippe gebe ich dir einen Goldtaler."- „Nichts zu machen", beharrte, nun wütender werdend, die Verkäuferin. „Du bekommst nichts. Nicht von mir. Und hier grundsätzlich nichts."- „Gut", sagte weiterhin Holubek, „dann gebe ich dir drei Goldtaler für eine einzige Schrippe."- „Nichts zu machen", gab die Verkäuferin zurück, „und wenn du zehn Taler für eine einzige Schrippe auf den Tisch legst, du kriegst sie nicht."- „Wenn das so ist", meinte Holubek, „dann will ich mal den Geschäftsführer sprechen." Der wartete hinter dem Vorhang des Ladens nur darauf, in Erscheinung zu treten. „Was willst denn du, du elendes Häufchen."- „Das ist ganz einfach", sagte Holubek, „ich zahle jeden Preis für eine Schrippe, auch wenn sie von gestern ist, oder schon länger hier herumliegt." Und er legte einen schönen Haufen Goldes auf den Tresen. „Bitte", fügte er hinzu, „da können sie es sehen. Ich bin wirklich solvent, habe einen Führerschein, und zahle Steuern. Und was Schrippen angeht, zahle ich tausend mal mehr als einen räsonablen Preis."- „Nichts zu machen", sagte der Geschäftsführer. „Ich falle auf deinen Trick nicht herein. Zwar habe ich ihn noch nicht ganz durchschaut, aber jedenfalls, du wirst hier nicht bedient. Nichts zu machen, auf keinen Fall."- „Und warum nicht", wollte auf jeden Fall Holubek wissen, „warum nur."- „Weil du mir alle Schätze der Welt auf den Tresen legen kannst", sagte der Geschäftsführer, „und ich gebe dir doch keine Schrippe, kein Brot, und schon gar keine Brezeln, ja nicht einmal ein Häufchen Dreck, nichts bekommst du, gar nichts."- „Aber der Tod", sagte Holubek triumphierend, „der ist doch umsonst."- „Nicht für dich. Für wen hältst du dich denn. Ich verkaufe nur an solide Kundschaft."- „Es kann dir doch egal sein", sagte Holubek, „wer ich bin, du erhältst für praktisch nichts einen Sack voller Gold."- „Du willst sagen, Teufelsdreck."- „Nein, nein", sagte Holubek. „Du kannst die Münzen sofort überprüfen. Um die Ecke ist eine Bank."- „Du kannst sagen, was du willst", verkündete der Geschäftsführer, „ich falle nicht auf dich herein. Und jetzt raus mit dir."- „Aber", sagte Holubek, „warum denn nur, das ist doch völliger Blödsinn, was du da machst. So was tut doch niemand, einen Sack Gold in den Wind schlagen." - „Mag schon sein", sagte, abschließend und überlegen, der Geschäfts-führer. „Aber wovon soll ich denn leben!"

Ja, das war wieder mal ein schöner Tag. Holubek verließ den Brotladen, den Geschäftsführer und dessen Verkäu-ferin; und fuhr nach Aranjuez, um die dortigen Gärten näher zu betrachten. Er wollte nichts weiter tun, als überprüfen, ob es Gründe (tiefe, verborgene oder unbe-wußte) dafür gäbe, jedenfalls für Schrippenverkäufer, auch diese Gärten nicht zu mögen. Und dabei wußten, sowohl die Schrippenhersteller als auch die Schrippenverkäufer, nicht eimal, was es sonst noch alles und Schönes auf der Welt gibt: Sie haben davor einen Teufel gestellt, den sie nie gesehen haben.

finis

(vorläufig)

83

Vorschau

Weitere Publikationen, demnächst

Nordic Talking

Eine Novelle

Chapeau Claque

Neue Gedichte in Versen

Schatten-Konstruktion

Sechs Andalusische Hunde

MIX
Papier | Fördert
gute Waldnutzung
FSC® C083411

Zeitfracht Medien GmbH
Ferdinand-Jühlke-Straße 7
99095 Erfurt, Deutschland
produktsicherheit@kolibri360.de